温泉郷青春曲

エレジーは流れない

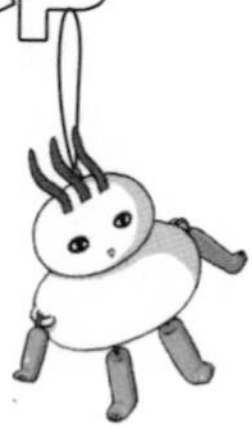

Shion Miura

三浦紫苑

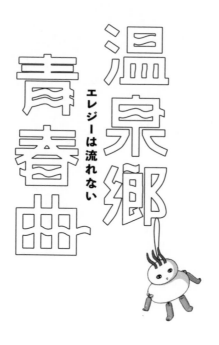

一

猛一回神，腳下竟一片殷紅。

哇，這怎麼搞的？下一秒，五公尺前方處一團黑色的物體躍入眼簾。

那……是不是人？心跳驀地加速，渾身發冷，額頭卻開始冒汗。

難不成，我終於動手了？可是，我連他長怎樣都不知道，怎麼會……？

不想看，卻又覺得非確定不可，在兩種情緒拉扯下，我將顫抖的腳往前跨出一步，這時——

「喂——」某處傳來熟悉的聲音。「喂——，來去烤地瓜喔——」

白痴，現在不是烤什麼地瓜的時候啦！我正想頂回去，驀然眨了眨眼。咦？

那團黑色的物體，不知不覺間變成了一座鮮紅的落葉山。確實，很像要生火烤地瓜的陣仗。沙、沙，染紅的葉子落在地面堆積成山。仰頭一望，火紅的楓葉布滿了枝椏，彷彿要覆蓋整片藍天。

原來是我看錯了，太好了！這麼說來，我是來賞楓的嗎？可是，在山上隨地生火烤地瓜可以嗎？

正當穗積怜如此納悶時，人便醒了過來。布滿污漬和結孔的天花板，俗到不能再俗的橘色花朵印花塑膠燈罩。嗯，是我房間沒錯！

晨光穿過窗簾縫投射在榻榻米上。怜掀開蓋被爬起來，將疊好的被子推到四張半的榻榻米房間一隅後，穿上掛在牆上的高中制服，接著一邊大打哈欠，一邊套上西裝外套，領帶鬆垮地掛在頸間。

怜的房間在二樓，就算拉開窗簾打開窗戶，也看不到天空。這是因為上方被商店街的拱頂給覆蓋住了。而拱頂上垂掛著廉價的塑膠楓葉裝飾品，在吹過商店街的風中緩緩地擺動著，發出沙沙聲響。

夢境的原因，毋庸置疑就是這玩意兒。餅湯溫泉站前商店街，到現在仍根據上個年代的品味在進行布置，這就是一切的元凶。

怜提著尼龍製深藍色書包一走出房間，味噌湯的香味撲鼻而來。陰暗的走廊對面就是廚房，母親壽繪正在準備早餐。

怜家在商店街開伴手禮店，一樓是店面，居住空間全部在二樓。怜一直以為這才是常態，等到上了小學以後，開始去商店街以外的朋友家玩時，發現起居間在一樓的住家或許才是多數。

當時還小的他，卻由此領悟到，世上沒有所謂的「常態」，形形色色、五花八門才是常態。

一把掀起同樣是上世紀遺物的珠簾，招呼了一聲：「早。」順手把書包丟到勉強塞進狹窄廚房內的餐桌旁。

「早。」壽繪熄掉瓦斯爐火回頭。「不要用丟的！會揚起灰塵！」

「煩吔！幹麼不打掃啦？」

「你掃啊！我腰痛。」

若不道早，壽繪就會揶揄地笑道：「哎喲——，怜怎麼不理人啦？叛逆期喔？」然而道了早，一樣還是會引來一堆牢騷，真教人受不了。

怜走進與廚房同一排的盥洗室裡整理儀容。

這麼說來，要買電動刮鬍刀時，怜也因為害羞，不敢向母親要錢。他打了短期工，自己籌錢去買，卻不曉得該挑哪一款才好，而向商店街電器行的叔叔討教。

高中男生和母親兩個人生活，實在辛苦，畢竟對方神經大條到不行，是動不動就會賊笑著調侃「哎喲——」的生物。

怜匆匆梳洗完後，回到廚房。如果在盥洗室裡關太久，又會被壽繪酸：「哎喲——，到了愛打扮的年紀囉？」真的很討厭。

他從電鍋裡挖出白飯，用力裝滿便當盒，然後把醬燒配菜和冷凍炸雞塊隨便塞進飯裡。

「你那樣菜不會臭酸掉喔？」

「嗯。」

冷凍配菜不必微波，只要塞進熱飯裡，到了中午，就會被加溫到恰好的溫度，而且就算飯沒放涼就蓋起來，夏天也不會臭酸。這是因為電鍋的保溫功能不中用了，才有辦法實現這奇蹟般的協調。怜暗自祈禱電鍋的調和，能夠永遠維持下去。

他又盛了兩碗飯，在餐桌坐下來，壽繪也在對面落坐。

「開動了。」兩人齊聲說完，拿起筷子。

壽繪準備的早餐很豪華，有海帶味噌湯、鰺魚一夜干和納豆。晚飯是輪流一人看店一人用餐，因此不管是吵架還是遇到假日，早上都一定會同桌共餐。

這是母子倆的習慣，不過，也沒什麼好聊的。

壽繪挑掉鰺魚中間的粗骨頭，接著從頭大口咬下去。連挑掉的骨頭旁邊的一層薄魚肉，都用牙齒刮下來吃乾抹淨，簡直就像妖怪貓。怜是那種非用筷子先把皮跟骨頭仔細地從魚肉中挑掉才甘心的個性，以自己的步調慢條斯理地吃。

今早的鰺魚一如往常，雖是魚乾，但肉質飽滿且多汁，鹹度也恰到好處。〈佐藤乾貨店〉的魚乾果然好吃。想到這裡，怜的腦中浮現兒時玩伴、乾貨店兒子佐藤龍人的臉。

這麼說來，夢裡那句「來去烤地瓜喔——」，好像是龍人的聲音。沒錯！那傢伙比起賞花，更愛吃糯米糰子；比起賞楓，更愛烤地瓜。也因此氣氛詭譎的夢境，一口氣被改寫成和樂的氛圍。只不過，總覺得自己是在無意識中向那小子求救，真教人不爽。

「我吃飽了。」

怜說完，把碗盤拿去泡水，到盥洗室刷了牙，用布巾把便當盒包起來塞進書包，走下陡急的階梯。

「我去上學了。」

「路上小心——」

聽著背後似乎正在喝茶的壽繪拖沓的送別聲，怜把店面鐵捲門推到頭頂上。

將占據店內通道的附滾輪陳列台推出店面，是怜的工作。壽繪自從搬整箱饅頭閃到腰以後，就對重物避之唯恐不及。她毫不避諱地吃著導致腰傷的饅頭，哀愁地說：「我還不到四十，居然會閃到腰，絕對是因為操勞過度。」但怜覺得閃到腰跟年紀或操勞，應該沒什麼關係。

怜將堆滿「餅湯溫泉饅頭」禮盒的推車，和掛著「餅湯Q將吊飾」的旋轉式陳列台搬到店面，再把鐵捲門拉下一半。

平日早晨，而且正值十一月的這個時期，沒什麼觀光客，拱廊商店街的行人也稀稀疏疏。不，就算人山人海，每個觀光地都有賣乾得要命的饅頭、以吉祥物而言造型實在微妙過頭的餅湯Q將吊飾，也不會有人要偷。

在商店街擦身而過的，幾乎都是認識的商店街居民，怜化身自動道早機器人，走向高中。

♨ ♨ ♨

或許是因為被怪夢驚醒，上午的課怜十分心不在焉。

龍人比怜還要扯，趴倒在二年C班教室前排座位上，連同桌子一起前後搖晃喀噠作響。只有龍人的座位宛如驚濤駭浪中的小舟，這已經是老樣子了，老師也懶得說什麼。如果希望龍人在上課中保持清醒，只能要求棒球隊廢除晨練；但即便晨練廢除，一碰上唸書，龍人還是會張著眼睛神遊太虛，因此只好對他製造出來的喀噠聲響充耳不聞。

宣告午休的鐘聲一響，龍人便猶如從暴風雨的大海中生還一般，迅速衝向福利社，而且衝去搶吃的之前，還不忘丟下一句話——

「怜，路人！今天去屋頂吃！」

怜提著便當，站起來伸了個懶腰。他和「路人」，也就是丸山和樹，一起離開教室走上通往屋頂的階梯。

附帶一提，丸山是商店街咖啡廳的兒子，是怜和龍人從小認識的好哥兒們。而丸山之所以被稱為「路人」，是因為他個性安靜，存在感有些稀薄，當然龍人並沒有惡意；怜則是照著兒時的習慣，叫丸山「小丸」。

今天晴朗無風，屋頂還算是待得住。丸山在南側圍欄附近坐下來，把大型保溫瓶裡的咖啡倒進瓶蓋和杯子裡。丸山每天都會幫怜和龍人準備咖啡，還附上糖包條和奶精球。

真是體貼啊！怜想著，伸手接過杯子，站在丸山旁邊，隔著圍欄遠眺街景。

櫛比鱗次的屋頂另一頭，正前方是初冬陽光下波光粼粼的大海。遙遠的水平線漂浮著一艘像是運油船的大船，看起來幾乎靜止不動。不過，當被上空飛舞的老鷹轉移注意力後再移回目光時，發現船稍微往東邊移動了一些。

這座城鎮超越了悠閒，所有的一切都陷入了遲滯。若說有什麼需要提高警覺的事，大概就只有便當會不會被老鷹搶食而已。

這就是伶所居住的〈餅湯町〉，氣候算是溫暖，有山有海也有溫泉，有許多來自關東鄰近縣市的遊客，形成一大度假區。

〈餅湯溫泉〉，是從此地成為新幹線〈回聲號〉的停靠站之後，開始發達起來的，餅湯町以新幹線和當地鐵路的〈餅湯站〉為界，分為兩個區域。

鐵路北側，是把山坡地開發為住宅區的〈櫻台〉豪宅區。那裡散布著豪華別墅，也有人一整年都住在那裡，而居民幾乎都是已退休的有錢老人家。

鐵路南側，是在通往海邊的緩坡上形成商店街及住宅區。商店街的大型拱廊從餅湯站前一路延伸出來，呈現平緩的下坡，走個十分鐘，就可以去到海邊。海邊巨大觀光飯店和度假公寓林立，夏季有海水浴及煙火大會等活動，熱鬧非凡。

怜在內的當地小孩，也有人會在成排搭建於海灘的小店內短期打工，或認識一下都市來的女生。

不過，十一月的現在這時期，離賞楓季還早，整個小鎮安靜得就像昏睡過去。而且這年頭團客也少了許多，許多大型飯店和日式旅館都經營得苦哈哈。

怜家這種伴手禮店也一樣，「旅行時買一堆饅頭回去分送親友」這樣的習俗老早就廢絕了，也不可能有什麼大量招攬遊客的決定性策略，來恢復往日榮景，因此大人們成天唉聲嘆氣。

怜從出生時，這座小鎮就已是這副半睡不醒的德行，所以他總是覺得：這裡不就是這樣的嗎？

怜他們就讀的縣立〈餅湯高中〉，位在住宅區中地勢稍高的高台上。站在屋頂的怜的眼下，運油船即將消失在海角的後方，留下的只有家家戶戶的屋頂、防風林般的海邊度假公寓，以及更遠處一片茫漠的淡藍色大海。將視線稍微往右……也就是，西邊移過去一看，商店街大大的拱頂就像一條銀蛇般蜿蜒而出。

緊鄰高中東邊，是〈餅湯神社〉所在的〈餅湯山〉。這座不算高的小山，是〈餅湯町〉與〈元湯町〉的境界。餅湯高中有三分之一的學生來自元湯町，他們翻越餅湯山，或是繞過沿海的小路通學而來。

然而，餅湯和元湯勢如水火，起因則要回溯到設置新幹線車站時，雙方為了要設於餅湯站還是隔壁的元湯站，爭執不下。

從〈元湯〉這個地名可以看出，餅湯溫泉的中心地以前是在元湯町。據傳從江戶時代開始，元湯町便做為溫泉療養地而繁榮，現今仍保留許多老字號旅館。當然，所有的人都以為新幹線的車站會設在元湯站。

沒想到不知何故，只有釣魚旅館和零星商家的小漁村餅湯站，居然雀屏中選。加上正值泡沫經濟時期，推波助瀾之下，餅湯火速發展起來，甚至連北側的櫻台都被劃入了餅湯町。

箇中緣由眾說紛紜，有人說背後有餅湯出身的國會議員暗中操盤，也有人說單純是餅湯的地勢比較開闊，容易興建新幹線月台，但真相不明。

總之，站在元湯町居民的角度，自然覺得「憑什麼我們被晾在一旁」，非常不是滋味。而站在餅湯町居民的角度，則是覺得元湯「不過是歷史久了點，就狗眼看人低」，雙方已長達幾十年維持著微妙的緊張關係。

當然，餅湯商店街裡面，也有許多店家批發商品給元湯町的旅館；住宅區裡住的，也全是新幹線車站興建後搬來的新住民，並非所有人都彼此仇視。但餅湯與元湯之間的齟齬，確實為整個餅湯溫泉區罩上了一層陰霾。

這樣的陰霾也影響了孩子們，尤其是餅湯高中，更是衝突的最前線。畢竟孩子們到國中為止，上的都是各自的學校，直到進入這所高中，才終於世仇相見。

在走廊上要不要讓路？「你是要買走福利社多少麵包？」「誰叫你動作慢吞

吞！」等這類雞毛蒜皮到不行的衝突層出不窮，就是這所學校的校風。

不過到了最近，也終於看到了變革的曙光。

「瘋子會拯救世界。」

怜喃喃道，背對圍欄，在丸山旁邊坐下來，喝了口加了糖和奶精、溫度降到對貓舌頭的他剛剛好的咖啡。

「嗯？」丸山歪頭表示不解。

「沒有啦！就覺得最近學校好和平。」

「哦——！」丸山笑了笑，接著解開帶來的便當包巾。「是因為校外教學的關係嗎？」

「嗯！小丸，今天的咖啡也好好喝喔！」

「是嗎？那就好。」

兩人正平和地如此對話時，樓梯間的門猛然「砰！」地一聲打開來，只見龍人和二年B班的森川心平走了過來。他們好像去了福利社，兩人手上都抓著四個麵包，炒麵麵包和可樂餅麵包各兩個，怜覺得碳水化合物絕對攝取過量了。

足球隊的心平住在餅湯町的住宅區，和怜這幾個商店街孩子是從小學就認識的朋友。心平這個人生命力特強，在求學的每個階段皆以全勤畢業。照這樣下去，在餅湯高中應該也能達成全勤。

一定是因為他在上課中充分攝取睡眠，養精蓄銳之故，怜總是在內心納悶著：你到底是來學校幹麼的？

身為陽光傻男且運動細胞非比尋常，是龍人和心平的共通之處；兩人似乎也認為彼此臭味相投，成天混在一起。不過，他們有個重大的差異——那就是，心平完全沒有女人緣。就連只要跑步特別快就一定有女生喜歡的小學時期，女生也對他不屑一顧。

依怜之見，心平不受女生歡迎，並非他個性差，或長得特別抱歉，而是顯而易見地，他根本就是個野孩子。

心平在小學四年級的時候，抓了許多學校生態池裡大量滋生的田螺，用牙籤把螺肉一顆顆挑出來，在家政教室炸成「螺哆」來吃，還順帶拔了校園裡生長的雜草汆燙來配。

心平的父母並沒有餓到兒子，營養午餐他也都會續碗，只能說他的食欲宛如黑洞。若非老師跑去懇求心平的母親規勸，心平媽賞了兒子一記拳頭罵道：「不許再給我這樣，丟死人了！」餅湯小學的校園，應該會被吃成鳥不生蛋的荒蕪大地。

居然會想到抓田螺來吃，怜十分佩服，覺得那種毅力、對吃的探究精神以及廚藝都令人讚嘆。不過，此舉卻惹來女生們極度的反感，因為在承平時代是不需要這樣的求生能力。

不幸的是，緊接著小學養的雞就慘遭野貓攻擊，只剩下雞冠和雞腳，這件事也在不知不覺間被流傳為「是心平吃掉的」，女生們看待他的目光變得更加冰冷。

心平似乎完全不以為意，升上高二的現在，仍自由奔放地踢著足球。盛傳暑假期間，他結束足球隊練習於回家的路上，在漆黑的夜色中，空手擊退從餅湯山衝到街區的山豬，但真假不明。不過，怜相信如果是心平，連熊都可以過肩摔，煮成味噌口味的熊鍋來吃。

言歸正傳，上來屋頂的不只有龍人和心平而已。跟在兩人身後，二年A班的藤島翔太也登場了。藤島是元湯町〈藤島旅館〉的繼承人，渾身老成的大人風範。

「嗨。」藤島用與龍人和心平截然不同的沉穩，向怜和丸山招呼道。

眾人在屋頂圍坐成圈，吃起麵包和便當。丸山似乎臨時把原本要給龍人的杯子給了藤島。

怜認為這麼做是對的，因為如果是藤島的話，一定能細心品嚐小丸沖泡的咖啡；至於龍人和心平，他們喝泥水就夠了。

「我也想喝路人的咖啡！」龍人抗議道：「嘴巴都被麵包吸乾了，我現在就像吃了麩的鯉魚！」

「我也要！我也想喝！」心平也搭便車地吵鬧起來。

「不會自己去買喔？」丸山冷冷地打發道。

「那……倒進這裡。」心平鍥而不捨，遞出麵包空袋說：「剩下的讓龍人用保溫瓶直接喝就好。」

「心平，你好聰明喔！」龍人不由得稱讚。

「沒錯！」心平驕傲地挺起胸。

丸山拿他們沒轍，把咖啡倒進心平用指頭捏著打開來的塑膠袋裡，只見袋中冒出濛濛蒸氣。

「燙燙燙！」心平合攏袋口，滋滋啜起袋中的咖啡。「燙燙燙死了！」

「哪裡聰明了？」

怜瞟著龍人，龍人假裝沒看見，逕自喝著保溫瓶裡的咖啡。

丸山和藤島在討論便當煎蛋的調味，丸山喜歡甜的煎蛋，藤島似乎是鹹味派。兩人可能因為是咖啡廳和旅館的兒子，便當的配菜總是色彩繽紛。

得知丸山的便當是自己做的，藤島面有愧色。

「你好厲害喔！我的便當都是大廚幫忙準備的，我完全不會做菜。」

「怜那個遺蹟便當也是自己做的吧？」龍人快活且誇耀地插嘴。

「要你管！」

怜說著，從白飯裡面挖掘出炸雞塊。果然解凍得恰到好處。他一邊心想那個電鍋或許是個驚天發明，一邊把醬燒配菜也挖掘出來。

相較於藤島和丸山的便當，確實是粗俗了許多，但怜並不覺得有什麼不如人之處，因為自己的便當這樣就夠好吃了，而且這些朋友當中，沒有人會去在意便當炫不炫。

眾人一眨眼就把午飯掃個精光，接著躺在地上或是靠在圍欄上，各自打發剩下的午休時間。

「啊———！天空好藍……」

「肚子餓了……」

「不是才剛吃過嗎？」

「心平的肚子裡面是不是長蛔蟲啊？」

沒搶到食物的老鷹，依依不捨地乘風在晴空上盤旋著。

「欸，對了。」丸山乍然喃喃道：「說到遺蹟，我想到……」

「遺蹟？什麼遺蹟？」心平躺在地上歪著頭問。

「雖然很不爽，不過是在說我的便當啦！」

怜應道，他已經習慣應付這個遺忘力驚人、不管是食物還是對話都能瞬間穿透體內離去的朋友。

「小丸，然後呢？」

「哦！今天早上我在新聞看到，說餅湯博物館的繩文式土器被偷了。」

〈餅湯博物館〉位在海邊的山丘上，正確地說，是山丘上的餅湯城，現在改為博物館活化使用。雖是城堡，卻完全沒有任何歷史淵源，是在泡沫經濟時期興建的鋼筋水泥假城堡。起初是做為觀光之用，但幾乎沒有遊客要去，因此蓋了幾年後，就變身為町立博物館。

餅湯溫泉這一帶，聽說在江戶時代是朝廷直轄的「天領*」，更早的戰國時代，也沒有建設任何主城之外的分城。這裡的人應該是成天悠哉泡溫泉、捕魚為生吧！氣候舒爽，宜於人居，應該也是自古便是如此。

山丘挖掘出繩文時代的遺蹟，出土品收藏在餅湯博物館，館區內復原的古代豎穴式住居和虛構的餅湯城並存。城堡內還陳列著繩文式土器，導致山丘上的時空呈現扭曲狀態。只是對於餅湯溫泉土生土長的怜等人來說，是熟悉的風景了，所以完

*注：天領，原本指天皇的直轄領地，在歷史文獻中特指江戶幕府的直轄領地。

全沒有意識到它的渾沌。

「那個新聞我也有看到。」藤島點頭說道：「可是，偷土器是要幹麼呢？那東西能賣錢嗎？」

「聽說也有人會盜賣佛像那些，不過土器那麼不起眼。」

話一出口，怜內心便驚呼：糟了！偷偷望向丸山。在小丸面前、而且是小丸提出的話題，居然說什麼「不起眼」，是不是不太妥當？但丸山並沒有特別在意的樣子，他正在把龍人還回來的保溫瓶蓋上蓋子。

「十五萬！」

龍人猛然大叫，把眾人嚇了一跳。心平還嚇到像蝦子一樣上半身猛地彈起。龍人似乎用手機搜尋了繩文式土器，螢幕上顯示大型拍賣網站的畫面。

「真的吔！不只是複製品，也有滿多看起來像真品的貨色。」

盯著遞出來的畫面，怜相當驚奇，看來做為商品，土器也頗有市場。

「上面寫賣家是古董美術商，應該不可能是贓物吧？」藤島說。

「可是，除了贓物之外，還有什麼貨源啊？」丸山怯怯地提出疑問。

「一定是缺錢的人，把歷代祖先種花的土器拿出來變賣啦！」

心平洋溢著來路不明的自信，斷言道。

「從繩文時代繼承到現代的花盆？」怜感到莫名傻眼，反駁道：「未免也保存得太好了吧？」

「不，也並非不可能。」藤島沉著地說道：「就算不可能從繩文時代傳到現在，但如果是江戶時代耕田挖到的土器，一些世家望族的倉庫裡面可能會有收藏。然後這些東西變賣給古董美術商，或是個人拿上網拍賣。」

「有道理，或許也有人把贓物混進裡面，試圖銷贓呢！」

居然看上泰半的人都覺得不起眼的土器，這樣的小聰明實在夠狡猾。站在怜的觀點，會覺得：金塊也就罷了，冒著風險偷到的東西卻是土器，實在不划算。

不過，充滿毅力與生命力的心平，似乎又有了不同的見解。

「早知道我們也去摸幾個來賣。那間博物館根本沒有保全可言嘛！」他扼腕地說，接著出起餿主意。「還是我們現在去好了？」

「白痴，值得為了十五萬圓的土器誤入歧途嗎？」

「咦——，可是像這個，可以賣四十萬吔！」

「哪個哪個我看……」

眾人注視著心平指向龍人的手機畫面，下一秒，「叮」的一聲，跳出了訊息通知，龍人聞聲迅速點開通訊軟體。

『你可以來嗎？』

『妳在哪？』

『美術預備室。突然很想你。』

『三秒到。』

眾目睽睽之下，叮叮叮雲朵般的對話框交談之後，龍人丟下一句「拜！」便匆匆離開屋頂了。

把龍人叫去的人，當然是他的女友秋野愛美。愛美是心平的同班同學，算是藤島的親戚，是元湯町的旅館女兒。龍人和愛美是校內出了名的放閃情侶，但由於餅湯和元湯算是世仇，因此兩人似乎自以為相當低調地在交往。

這樣叫做低調，那如果高調交往會發生什麼事？地球上所有的火山是不是會同時爆炸？怜如此憂心。

「蛤？龍人這小子居然這麼爽！」在地上躺成大字型的心平，大喊道。

「那裡好像已淪為他們的愛巢了，沒關係嗎？」怜一臉擔憂地問丸山。

丸山是美術社的社長，怜也是人頭社員之一，卻不曉得預備室竟然被龍人他們拿去這樣利用。

「唔——，驅趕他們也似乎太殘忍了，他們有時候可能也想在沒人的地方說悄悄話吧……」

「太天真了！」心平在頂樓打著滾，說道：「他們一定正在那裡乾柴烈火、打情罵俏！」

「只要不要燒掉我的畫布就好。」丸山認命地說，展現大幅度讓步。

藤島默默地笑著，看不出他對於親戚愛美和肌肉腦男交往，作何感想。

總而言之，和藤島像這樣一起度過午休，在短短一個月前是完全無法想像的事。不只是藤島，他們和來自元湯町的男生之間向來有種隔閡，一直沒機會稱兄道弟地瞎聊或鬼混。怎麼說，就是有種彼此較勁、或是非我族類的感覺。

至於女生之間，似乎就沒有「餅湯VS元湯」這樣的反目或隔絕。大人之間微妙的對立，在女生的嘰嘰呱呱面前，彷彿無法造成半丁點影響。當然，還是可以看到有細微的不和或爭吵，只是那並非肇因於出身地的不同、小圈圈對立或勾心鬥角，而是基於怜無法揣度的個人好惡。每次看到女生那種樣子，他心中總暗忖著：

女生真是自由啊！

這麼說來，商店街也是一樣，動不動就卯起來想要跟元湯町一較高下的，幾乎都是大叔那一輩。每到櫻花季或煙火大會的時期，商店街和元湯町旅館街的路邊都會吊起紅色小燈籠裝飾，只要去參加溫泉區全區會議回來後，大叔們就會氣勢洶洶地計較起來。

「他們那邊好像是每隔兩公尺一盞，那我們就每隔一公尺……不，每隔五十公分一盞！」

「掛那麼多燈籠能看嗎？擠死了。」商店街的女人們冷靜多了。

最後決定每隔兩公尺掛一盞。

和壽繪一起看電視的時候，怜也曾被男女的感性差異嚇到。

晚間新聞節目專題單元中，有個一手壯大公司規模的老企業家在獨家採訪中提到——俗話說，男人一跨出家門，就有七個敵人……

壽繪一聽，當場爆笑出來。

「笑什麼啦！很吵吔！」

「因為很好笑啊！他是活在什麼戰亂地區啦？」

「這是打比方吧？」

「就算是打比方，都什麼年代了。」壽繪笑到哀嚎，抹去笑得太厲害而滲出來的眼淚。「我自己也在工作，雖然只是家小店，好歹算是個老闆，可是哪來的七個敵人啦？具體來說，這七個人是哪七個人？要是有七矮人，還真希望他們能來店裡幫忙。而且《七武士》是我最喜歡的電影吔！怜，你看過嗎？」

跟壽繪說話，正題老是會不斷地往路邊的叢林裡鑽到不見蹤影。

「妳走在路上都不會想：『擦身而過的人跟自己，誰比較強』嗎？」

為了修正話題軌道，怜問道。

「你怎麼這麼白痴啦……」壽繪再次笑到哀嚎。

看來並不會這麼想。怜訝異極了，卻也感到難怪。

他不曉得這是所有女性共通的傾向，或者是他在學校和家庭接觸到的女性恰好如此，但她們應該都不太會與人較勁力量，或是把對方分類為敵人或自己人。這樣的話，要如何去認知身邊的人才好呢？如果是怜，就會萌生這樣的不安。不過，壽繪和學校的女生整天都開開心心，就只顧著吱吱喳喳聊個不停，這就是他感覺女生很自由的理由。

然而，這裡有個男人憑藉較勁力量與瞎聊的組合技，消除了對立的局面——那就是龍人。

上個月，餅湯高中的二年級去九州校外教學。搭新幹線到博多，接著分乘大型遊覽車，參觀九州北部各地。

大半學生雖然滿口怨言：「好想廢在家睡覺。」「我比較想去北海道。」「我想去沖繩。」「好睏喔！」卻都很享受在天神購物，或在參觀長崎的原爆資料館時肅然動容。

其中最為享受旅行的，應該莫過於龍人與愛美，由於居住圈的大人看管不到，兩人便盡情享受恩愛時光。片刻都不願分離也該有個限度的龍人，似乎擅自坐上二年B班的遊覽車，機靈地占據了愛美旁邊的座位。

被擠到C班遊覽車的心平，搶走遊覽車小姐的麥克風，正準備引吭高歌，卻被女生們轟了下去：「滾啦心平！」「你怎麼在我們班的車啦！」

心平只好無奈地把麥克風還給小姐，他像遊魂一樣走過已經開動的遊覽車通道時，視線精準地鎖定了怜。小丸，救我！怜不由得在內心呼救。但容易暈車的丸山坐在前方導師的座位旁邊，看來怜只能一個人應付心平了。

附帶一提，心平堂而皇之地對著C班導師關口太郎大聲宣言。

「森川心平來打擾這台遊覽車！龍人在B班的遊覽車跟秋野變成道祖神＊一樣

分不開了，我覺得他們很糟糕！」

「原來你還知道道祖神？真了不起啊！森川同學。」

年近退休的關口老師，不可能對抗得了龍人和心平這對爆走兄弟，只能虛弱地回應。

「哎呀，真受不了！」心平一屁股在伶的旁邊坐了下來。「我本來想唱首《卡薩布蘭卡公子》＊，愉悅一下大家的耳朵說。」

「那什麼？」

「咦？你不曉得？我奶奶很喜歡吔！歌裡面狠狠甩了女人兩巴掌。」

「這怎麼行？」

結果校外教學移動期間，伶幾乎只能裝睡捱過。心平毫不理會，自顧自說著無

＊注：道祖神，是日本設置於村境、山嶺等地的守護神石碑，為男女成對的神像。

＊注：卡薩布蘭卡公子（カサブランカ・ダンディ），是日本歌手澤田研二於一九七九年發售的單曲。

聊話題，或是往怜的嘴巴裡硬塞牛奶糖。

這些就不提了，接下來的事件發生在唐津。

因為是自由活動時間，怜和丸山去參觀了〈唐津城〉。

位於海角的唐津城，可以眺望美麗的海灣，以及前方一望無際的蔚藍大海。丸山不停地用手機拍照，應該是想當成繪畫的題材。餅湯城也位在面海的山丘上，但兩者還真是天差地遠。怜心想，同時盡情欣賞了美麗的景色片刻。

畢竟是高中男生，看海看城兩三下就膩了，而且看風景也填不飽肚子。兩人不到三分鐘就開始討論：「要不要去吃霜淇淋？」

這時，天守閣入口附近傳來爭吵的聲音，懷著不好的預感朝聲音方向一望，不出所料，龍人跟心平和五名唐津的高生中槓上了。

龍人不是跟愛美在一起嗎？怜東張西望，發現愛美和朋友新田朋香坐在長椅上吃霜淇淋。

「他們在鬧什麼？」怜走過去探問。

「不知道。」愛美和朋香兩人笑道。

「我已經LINE翔太了，他應該會來支援。」愛美說出藤島的名字。「我們想去看唐津燒的餐具，接下來你們加油囉！」

蛤？怜詫異地瞠目結舌，只見愛美和朋香吃完霜淇淋，腳步輕盈地走進唐津的商店街了。

這段期間，龍人和心平也對著當地的五個男生恫嚇。

「要幹嗎？來啊！」

哪來的小混混啦？但遺憾的是，對方似乎也是小混混味十足，一步也不退讓。

「不要只敢在那裡耍嘴皮，敢就上啊！來啊！」

到底要怎麼搞，才會陷入這種老掉牙的「校外教學麻煩事」，怜實在是理解不能。兩軍距離逐漸拉近，彷彿在風中搖擺的筆頭菜，兩張臉都要互蹭上去。

你們其實是相親相愛吧？怜在內心吐槽，無奈地出面干涉。

「喂，不要這樣啦！」

丸山站在稍遠處靜觀其變。

「你閃邊，怜！」龍人凶猛地吼道：「他們居然敢勾引愛美跟新田。」

「不是勾引，只是好心提醒好嗎？」唐津軍裡個頭最高的男生，高傲地冷哼道：「跟她們說霜淇淋左邊那家茶店比較好吃而已。」

「泡妞男！」

「蛤？她們也跟我們道謝了好嗎？你的屁眼未免太小了吧？小到連大便都擠不出來吧？」

太蠢了，果然蠢人會同類相吸。怜嘆了一口氣，轉向龍人。

「他們說的沒錯，而且秋野她們要跟誰說話，是她們的自由吧？」

「是這樣沒錯啦……」

龍人眼神飄移，心平踩著步子，不停地「咻咻」空中刺拳。

怜看到這一幕，心中有底了。校外教學期間，當然沒有球隊練習，龍人和心平旺盛的精力無處發洩，只是想要大鬧一場罷了。

「是啦！他們沒有做錯什麼……」龍人吶吶地承認，卻又強詞奪理地說：「愛美她們吃到好吃的霜淇淋，也很開心……可是這樣我的怒火無法平息啦！」

「為什麼？」

「因為我跟心平已經買了中間那家茶店的霜淇淋，要提醒的話，幹麼不早點提醒啦！」

「干我們屁事啊！」

唐津的高中生們異口同聲地怒罵，怜也完全同意。

這時，接到愛美連絡的藤島帶著元湯町的四個朋友趕到現場，狀況變得更加複雜緊張了。

「居然撂人，太卑鄙了！」

「他們又不是我們的人。」

「那他們是誰？」

「只是同校的人而已。」

「蛤？在這種場合，就叫做自己人吧？」

不可能知道餅湯和元湯微妙恩怨的唐津高中生們，困惑地歪頭。

「總之，給我一起過來停車場廁所！」龍人神氣兮兮地抱胸努努下巴。「讓你們見識我的賽有多大條！」

「不用！」唐津的高中生們同時搖頭拒絕。

此時，唐津軍之間已經開始竊竊私語。

「這傢伙有病喔？」

藤島這些元湯援軍似乎也掌握了狀況，不著痕跡地和龍人拉開距離，應該是打死都不想被當成「自己人」。怜也溜出兩軍之間，和丸山一起站在藤島他們旁邊，他也不想再繼續蹚這灘渾水。

「喂，這裡有沒有打擊場？」龍人突然做了新的提案。

「問打擊場幹麼？」高個子高中生回應。

「當然是用打棒球一決勝負啊！」

「我籃球隊的吔！而且打擊場超遠的，在車站另一邊，從這邊走過去要快三十分鐘。」

「那相撲呢？」心平提議，只是沒有人鳥他。

結果龍人和高個子高中生決定比賽從城內橋上打水漂，至於為什麼非比賽不可，已經沒有人搞得清楚了，但雙方都為爭一口氣，勢成騎虎。

眾人魚貫走下城堡階梯，站在松浦川河口附近的行人專用小橋上。移動期間，兩軍相談甚歡，怜得知高個子高中生姓「黑田」。

「咦，你們是從餅湯溫泉來的喔？」黑田一臉驚訝地說：「我是沒去過，那裡不是很大的觀光區嗎？」

「最近都沒什麼遊客了。」怜看著波光瀲灩的河面回答。

「這裡也一樣。不過，最近整個鎮都開始推民宿，好像滿上軌道的。」

「民宿喔……」

餅湯溫泉有很多大型旅館和飯店，難以採取這種策略吧？怜如此思忖時，龍人和黑田在橋中央並排站定，手裡拿著從城堡主區撿來的小石頭，開始暖身。

唐津軍向自家陣營代表送上聲援；怜等人也是，不分餅湯或元湯，都同心激勵著龍人。

「衝啊！」

「不准漏氣啊！」

心平興奮極了，在橋上無意義地來回衝刺。

龍人和黑田同時振臂高揮，朝寬闊的河面奮力擲出小石頭，只見石頭像子彈一樣筆直劃開空氣，消失在水面另一頭。

「誰的比較遠？」

「太遠了看不到。」

「石頭太小了啦！」

眾人手扶欄杆，探出上身吵吵鬧鬧。

龍人與黑田不理會旁人，用力握手。

「我明白你的賽應該很大條了。」

「你也是。」

「有緣再會。」

「後會有期。」

不，沒機會了吧！怜心想。畢竟餅湯和唐津，不是隨便就能來回的距離。

虎頭蛇尾的戰事結束，若是兩軍各自朝橋的兩端撤退，或許還頗為帥氣，但黑田他們很有義氣，一路跟到遊覽車停車場來送行。

龍人和愛美從先發車的B班遊覽車窗戶，朝黑田他們揮手道別；怜和丸山也從C班的遊覽車揮手。晚霞的天空底下，黑田一行人笑著揮手。

「到底在搞什麼啊？」總算在座位安頓下來的怜，喃喃道。

「天曉得。」丸山低頭檢查手機裡的照片。「反正好玩，皆大歡喜就好。」

怜從旁邊探頭一看，丸山的照片漂亮地捕捉到振臂擲出小石子的瞬間，龍人與黑田嚴肅的側臉並排在一起，頗有熱戰甲子園的氛圍。

附帶一提，怜堅持要占據遊覽車最前排的座位，因此點完名後的關口老師無處可去，只得坐到心平旁邊，讓他分享牛奶糖。

自此之後，餅湯高中男生之間的隔閡在無形中化解，怜他們開始會跟藤島聊天，偶爾也會一起在屋頂吃午餐，而這一切全多虧了龍人的肌肉腦。

♨ ♨ ♨

第五堂都過了一半，龍人才回來教室，想當然耳被老師臭罵了一頓。

「為什麼遲到？」

「哦，肚子痛啦！」龍人莫名容光煥發地瞎說。

丸山似乎極度擔心美術預備室的安危，一放學就直接衝出教室。怜必須回去顧店，所以在商店街採買了晚餐食材後便回家。

〈穗積伴手禮店〉的店面，一對疑似不倫的中年男女正在看餅湯Q將吊飾。怜料定八成不會買，因為不能留下不倫的證據。而且造型彷彿溫泉記號插在圓餅年糕腦門上的餅湯Q將向來遭人詬病「目光渙散」、「感覺會散發詛咒」。

怜對顧店的壽繪招呼：「我回來了。」便上去二樓。

商店街今天也播放著餅湯溫泉主題曲——

〔養顏美容──白抛抛──幼咪咪──餅湯──餅湯溫泉──〕

異樣歡快的男女和聲，加上拖沓的節奏，感覺完全就是為了從人類身上剝奪一切幹勁而創作出來的歌曲，卻也是一首如年糕般黏附在腦內的魔性洗腦歌。

怜配合著就算關窗還是會穿牆而入的歌曲，哼唱著：「白抛抛──幼咪咪──餅湯──餅湯溫泉──」，洗完米後按下電鍋按鈕，趁著電鍋煮飯時，把晾曬的衣物收進來折好，然後沖了澡順便刷洗一下浴室，接著滾煮味噌湯和薑燒豬肉。這時飯也煮好了，大口將晚飯扒進嘴裡，稍事休息之後，下樓與壽繪換班。

在照明下一片亮白的店內不見半個客人，雖然偶有觀光客在商店街漫步，應該不會刻意在晚上來買伴手禮才是。果然他們看也不看這家店，便逕自路過。

怜拖了磚地，用撣子拂拭架上陳列的商品之後，便無事可做了。他在收銀台裡面的圓凳子上坐了下來，伸手按下舊型收銀機，隨著清亮的一聲「叮！」，抽屜彈了出來。看著裡面準備找錢的鈔票和零錢似乎沒什麼變化，他嘆了口氣，再把抽屜推回去。

壽繪總是堅持營收她來計算就好，因此怜沒有碰過，就壽繪的說法：「小孩子不用管這些。」

「嗨。」一身運動服的龍人走了進來。

是去商店街的公共澡堂洗澡回來吧？怜心想，只見龍人腋下夾著洗臉盆，理得短短的頭髮散發出有些格格不入的洗髮精甜膩花香。

「嗨。」怜回應，從收銀台旁邊的玻璃冷藏庫裡取出「餅湯溫泉西打」小瓶子，開瓶後遞給龍人。

「謝啦！」龍人接下，站著喝光西打，打了個小嗝。

好像沒什麼精神？能夠察覺到細微異狀，應該是拜老交情的功勞吧！平常的話，龍人只要三秒就能把整瓶西打灌進肚子，今天卻花了八秒左右。

「怎麼啦？」

「嗯……」龍人搓揉著空瓶。「我跟愛美交往的事，被我爸發現了。」

「真假？怎麼會？」

「好像在元湯傳開來了。我爸說他從批乾貨的客戶旅館那裡聽到的。」

「那怎麼辦？」

「沒怎麼辦，不管！」並排著空瓶的黃色塑膠籃裡，多了龍人手上的那一瓶。

「我不打算跟愛美分手。」

唔，也只能這麼做了！伶思忖著。

龍人算是滿有女生緣的，國三時曾經謊稱高二，跟海灘小店認識的女大生打得火熱，不過這段情似乎只是一個夏天的熱戀。自從進入餅湯高中認識愛美後，龍人的肌肉腦似乎更加活性化，不管被愛美拒絕多少次都不氣餒，一直追到高二，愛美終於拗不過他，兩人修成正果開始交往。此後，看在旁人眼裡，兩人不分時間地點，隨時都在曬恩愛。

雖然這部分希望他們節制一點，但怜知道這是龍人這輩子第一次認真談戀愛。愛美也是，不僅外表可愛、個性絕妙，心腸好又聰明，是個冰山美人；龍人會為她死心塌地，也是沒辦法的事。

「下星期我要去櫻台。」怜說。

「啊，對喔！第三週嘛！」

「嗯，要是有什麼事，隨時跟我說喔！」

「好。」龍人頓了一會兒，留意著二樓的動靜，稍微壓低了音量。「你才是呢，還好吧？」

「我沒怎樣啊！店面一樣小丸會幫忙顧，沒問題的。」怜笑著站起來。「晚安！就算被你爸揍，也別哭啊！」

「那個王八老爸，我會揍回去啦！」

龍人沒有不必要地深入追問，只說了聲：「拜囉！晚安。」便離開了。

龍人突然跑來，應該也是想要埋怨個幾句，但其實主要是忽然想來看看怜和壽繪的狀況吧！

怜和壽繪兩個人經營這家店，龍人總是不著痕跡地關心著他們。對於身心都夠強大、不畏打擊的龍人，怜也可以毫無顧忌地自在相處，或者說有點無意識地依賴著他。所以在夢到陷入困境時，聽到的呼叫聲才會是龍人的聲音吧？

怜把收銀機裡的錢收進小皮包裡，先放在樓梯下方，接著著手整理店面的陳列台，將饅頭禮盒看起來一點都沒少的推車推進店內。

商店街每一家店都在準備打烊，怜和兩鄰及對面的商家聊著：「今天生意怎麼樣？」「完全沒生意呢？」稍微清掃店面，用金屬棒勾住鐵捲門洞孔。

商店街擴音器傾注而下的音樂，在〈白抛抛——幼〉的地方唐突地被截斷了，取而代之，楓葉裝飾搖晃的沙沙聲再次復活。

怜抓住棒子的手使勁，從店內猛地拉下鐵捲門。

二

櫻台的家不管什麼時候看，天花板都高得莫名其妙。

怜邋遢地癱在可能有二十五坪大的客廳兼餐廳的沙發上，怔怔地仰望水晶吊燈。天花板高度超過三公尺，房間寬敞潔淨，巨大水晶燈似乎就只是個裝飾，因為實際上的光源，仰賴牆上的ＬＥＤ燈及地面擺放的時尚燈具。只不過，這些全都是間接照明，因此客餐廳整體顯得昏昏暗暗。

《教父》裡面好像也有在這樣的房間吃飯的場景吔！怜總是如此聯想。

「怜，差不多要開始準備了嗎？」

彷彿要進行最後的晚餐的長型大餐桌，傳來武藤慎一的聲音。

「好。」怜應道，起身前往餐桌。

餐廳區甚至附有溫室，沒有半枚指紋的大型玻璃窗，就像一面呈夜色的鏡子，倒映出室內的景象。

慎一微低著頭，打開從廚房拿來的一包牛肉。怜也站在旁邊，俯視著濾水籃中的白菜、茼蒿、香菇等等。葉菜類已經一板一眼地切成相同的尺寸，厚實的香菇也刻出了星星雕花。就算叫他一起來準備，看起來也沒有任何怜可以效勞的地方。

看起來才三十出頭的慎一和怜，無論說是父子還是兄弟，都有些勉強。站在一起的我們，看起來像是什麼關係？怜不由得心想，再次望向玻璃窗。現在雖然坐落在黑暗當中，但玻璃另一頭有著一大片遼闊的草坪庭園，以及枝葉繁茂的大楠樹，依稀可以聽見樹葉磨擦的聲響。似乎不知不覺間起風了。

這個家非常安靜，和老是被假楓葉的沙沙聲及洗腦湯餅歌所攪擾的商店街的家，所有的一切都猶如雲泥之差。

在餐桌設置好卡式爐，擺上鍋子，怜和慎一著手製作壽喜燒。卡式爐的大小很一般，和餐桌尺寸格格不入，怜和慎一都必須探出上半身，才能把蔬菜放進鍋中或進行調味。

「不是那麼方便……」

「豪宅不適合人住。」慎一爽朗地笑道：「怜，幫我把鍋子抬起來。」

怜抬起鍋子，慎一趁機把卡式爐挪到桌角，這下總算可以用不給腰部造成負擔的姿勢進行調理。

霜降滿滿的牛肉片被丟入鍋中，慎一條理井然地把香菇塞進蒟蒻絲和牛肉之間，築起堤防，最後蓋上蓋子，等待食材煮熟。

宛如黑手黨豪宅的空間，逐漸充滿了醬油味醂的鹹甜香氣。

「很好。」試味道的慎一，點點頭說道。

這時，外頭傳來車子爬坡靠近的引擎聲。

「啊，伊都子姊回來了！」

慎一說著，匆匆到廚房洗過手，一邊用圍裙擦拭，一邊小跑步前往門廳。

怜覺得慎一很像狗，他當然分辨不出引擎聲的不同，但站在溫室把臉湊近玻璃窗一看，確實是光岡伊都子駕駛的銀色賓士正通過自動開啟的大門，駛入庭院。車庫門也自動升起，只見伊都子一次次嘗試倒車，努力讓車子入庫，而車子也不時超出庭院的鋪面小路，車胎輾過草坪。

這裡的車庫比〈穗積伴手禮店〉的建築物還要大上許多。車庫口這麼大，卻無法一次成功倒車入庫，是不是不太妙啊？就連沒駕照的怜，都不禁擔憂起來。

怜轉身回到餐廳，漫不經心地盯著鍋蓋上的洞孔，咻咻地冒出蒸氣。片刻後，門廳傳來「妳回來了。」「我回來了。」的招呼聲。考慮到等伊都子去洗好手、慎一把接過來的皮包拿去書房放好，調味的湯汁可能都要煮乾了，於是怜先關掉卡式爐的火。房子太大，這種時候也很不方便。

怜坐在餐桌長邊角落的椅子等待，約莫五分鐘後，伊都子走了過來，慎一跟在她旁邊，活像為了主人回家而開心的狗。就連對時尚流行一竅不通的伶，也知道伊都子身上的套裝，應該是〈香奈兒〉。

年近六旬的伊都子，不管是皮膚還是頭髮都經過精心護理，光澤亮麗，完全看不出已經這個年紀了。染成褐色的頭髮今天也漂亮地挽起來，指甲上鑲著閃亮亮的寶石。十根手指有四根戴著戒指，當然每一只都散發出非比尋常的光輝。

這身打扮，很容易就會流為俗氣，然而伊都子予人的印象，一言以蔽之，就是雍容華貴。整個人優雅、氣派，感覺就像富有教養。但幹架也難不倒的黑手黨第三代老大。

事實上，伊都子雖然不是黑手黨，卻也是第三代。她從亡父手中繼承的食品批發行，並以此為基礎，進軍外食餐飲業，擴大事業版圖，是一名辣手女社長。不只是連鎖家庭餐廳，最近還拓展以高齡者為對象的送餐服務，業績似乎蒸蒸日上，全然沒有被不景氣所影響。

「妳回來了。」

「我回來了。」伊都子脫下套裝外套，隨手放在主位椅背上，說道：「啊，肚子好餓喔！」

兩名男子就像聽到女王命令的下臣，迅速交換了眼神，默默地分配職務。

怜重新打開卡式爐的火，慎一從廚房用托盤端來三只打好蛋的容器，以及三碗尖出來的白飯。配膳完畢的慎一，在怜的對面坐下來。

「我開動了。」三人總算齊聲道。

「欸，等一下，鍋子太近了，很燙！」伊都子從旁提醒。

怜和慎一合力再次端起卡式爐，在餐桌上挪移，但如此一來，鍋子勢必會遠離每一個人的座位。每次要夾壽喜燒料時，怜和慎一都得起身，伊都子則悠然地坐在椅子上，接過慎一替她夾料的碗。

「怜，肉多吃一點。」伊都子發揮旺盛的食欲，大方地勸菜。「慎一也是。」

怜和慎一又站起來，從鍋中撈肉。怜知道，慎一總是不著痕跡地把比較大片的肉讓給他。

順帶一提，怜也明白不管是附近的住戶，還是偶爾過來這裡的公司員工，都認為慎一是「社長的小白臉」。不過，他從未追究兩人真正的關係，對此也毫無興趣，是什麼其實都無所謂。

只是一聲不吭地享用人家的牛肉未免也太沒用了，怜向伊都子拋出話題。

「對了，妳會覺得『一跨出家門，就有七個敵人』嗎？」

「不覺得。怎麼會問這個？」

「電視上有個社長在訪談中這樣說。」

「是喔？」伊都子從慎一手中接過新盛好壽喜燒料的碗，嗤之以鼻地說：「又不是戰國武將。」

「老媽也是類似的反應。」

「我想也是。」伊都子這回露出了柔和的笑。「壽繪好嗎？」

「嗯。」

「這樣。」

慎一完全沒有插口，只是笑吟吟地望著眼前這一幕。

正當怜擔心對話是不是就要枯竭時，伊都子乍然丟出新問題。

「之後的出路，已經打算好了嗎？」

「咦？我嗎？」怜忍不住瞄向慎一，反問。

「呃，除了你還有誰？」伊都子回應，也跟著看了慎一一眼。

過著舒適的小白臉生活、甚至被高中生擔心出路、或是將來還是老樣子的慎一，依舊默默地滿臉堆笑。

怜的成績不算差，應該是考得上大學，但想想伴手禮店的生意，他的學費有沒有著落實在很難說。而且壽繪基本上是放任主義，或者說不在乎兒子的學歷或將來，因此兩人從來沒有討論過畢業出路的問題。

只是伊都子這麼問，用意到底是什麼？必須盡量刺探，拿捏清楚才行。

「還沒有仔細想過。」怜謹慎地回答。

「學校不是都有出路意向調查嗎？」

是有，暑假後老師發下問卷，怜填上「第一志願：升學」、「第二志願：繼承家業」，因為他覺得這是最穩當的答案。

「這就類似預習，不用想得太嚴肅。」關口導師在發問卷時，說道：「最後的畢業出路，會在冬天以前討論決定。」

不過，龍人好像填了「第一志願：廣島鯉魚隊」、「第二志願：橫濱海灣之星隊」、「第三志願：東北樂天金鷲隊」，結束後他跑來大吐苦水。

「怜，你評評理！老關居然說：『嗯，雖說青年要立大志，但你應該進不了選秀會，可以重填嗎？』這也太過分了吧？」

怜沒理他。

更扯的是心平，聽說他問卷用片假名只填了「第一志願：蟬」就交出去了。可想而知，被二年B班的導師山本喜美香，罵了個狗血淋頭。

「因為剛好蟬叫得超大聲的嘛！我就覺得：好好喔！可以盡情大叫，唧唧唧飛來飛去，隨地灑尿，超自由的吔！可是老師氣死了，罵說：『森川同學，你怎麼可以追求蟬那種一晃眼就死掉的虛幻人生？還有，我知道蟬的漢字很難寫，請你爭氣一點，查一下字典寫出來好嗎！』老師明明一開始還說什麼：『不要覺得好高鶩遠，坦率地寫下你們心中最真實的希望。』簡直就是個騙子！」

當然，怜也沒鳥心平的傾訴。

要是被伊都子知道自己有這種朋友，可能會破壞她對自己的印象。

「老師說冬天以前決定就行了。」怜選擇簡單帶過。

「這樣啊！如果你有什麼想做的事、想做的職業，都要告訴我喔！」

這也就是指「夢想」嗎？那麼，我沒有任何夢想。怜默默搖了搖頭，緊接著無端氣憤了起來。

「妳高中時，有什麼將來想要從事的職業嗎？」怜冷冷地問道。

「這麼說來，好像沒有吔！」伊都子吸了口蒟蒻絲，歪著頭回想道：「對了，我想起來了！當時身邊的人都認為我會繼承我爸的公司，我也從小被灌輸這樣的觀念，所以從來沒有思考過自己想要做什麼。」

那就不要問我將來要怎麼樣好嗎？怜忿忿地在內心嘀咕道，卻沒有說出口。

「或許就是因為這樣……」似乎察覺到怜的心思，原本一直專心吃壽喜燒的慎一，乍然說道：「伊都子姊沒有想過自己想要做什麼，所以才會希望如果怜有什麼夢想，打算支持你實現吧！」

「才不是那樣呢！幹麼說得一副你很懂的樣子？」

伊都子似乎吃飽了，把壽喜燒的碗擱到桌上。

「『年輕人就是充滿了夢想和希望，我以前也是如此』——這只是一廂情願地改寫記憶、美化過去罷了。是老了啦，老了！希望年輕人有衝勁、有霸氣的老頭子、老太婆，一定都是掉進了這樣的陷阱。啊——討厭、討厭，我竟然也是其中之一呢！」

「會嗎？我倒不覺得全是這樣。」

「那，慎一哥你高中時有想過將來要做什麼嗎？」怜也很想知道。

「我的例子沒辦法給怜當參考啦！」同時受到怜和伊都子的矚目，慎一害臊地笑道：「因為我只想著要怎麼樣才能不工作，輕鬆過活。」

我想也是……。從氣氛感覺得出不只是怜，連伊都子也這麼想，但兩人都沒有發表評論。

其實仔細想想，慎一也算是美夢成真。年過三十了還沒有正職工作，卻能盡情享用壽喜燒，不管附近住戶怎麼私下說他，都不為所動。怜對他的大無畏敬佩不已，想要效法……還是不想，實在很難一言以蔽之，因為自己連想要當有錢女人的小白臉這種積極的欲望或展望都沒有。

不過，看看伊都子和壽繪這些身邊的大人，怜依稀明白，就算是隨波逐流，似乎也過得去。

「過得去」和「過生活」並非同義，這一點從伴手禮店的生意日薄西山來看，也是有自明之理。然而對怜而言，身邊的人們在最根本的部分確實是「活著」的，或者這個詞也可以代換為「自由」。

大概是因為無所畏懼吧！龍人和心平也有這樣的傾向。看在怜的眼中，他們幾乎完全不在乎別人怎麼看他們，恣意妄為，徹底忠於自身的追求。

我實在模仿不來。吃完壽喜燒的怜，在墓碑般泛著黑光的石造浴缸裡伸展手腳，仰望天花板嘆息。他就是會不由自主去想，該怎麼做才穩妥？揣摩對方的意向，尋找現實的妥協點，勞神焦慮。

怜認為，實際上他這樣的人應該才是大多數，只是不知為何，自己身邊圍繞著豪放不羈的人，讓他經常陷入混亂。難不成我才是沒常識的雜魚鼠輩？

浴室天花板和地面磚縫間看不到任何霉斑，這是因為慎一會刷洗；晚飯後的收拾，當然也是慎一的工作。撤回前言，當小白臉似乎一點也不輕鬆自由。也因此，怜每個月住在這個家的一星期間，可以過著徹底茶來伸手飯來張口的生活。

老媽的腰還好嗎？怜差點就要想起一個人孤零零在商店街家裡的壽繪身影，他連忙搖搖頭，沒想到身體一滑，整個人連同鼻子都浸到水裡，喝了幾口泡澡水。

不用說，浴缸也十分巨大，怜現在長高了，伸直的腳卻還是踩不到另一端。後腦必須好好地枕在浴缸邊緣處才行，就連泡個澡都無法掉以輕心，真希望不要因為有錢沒處花，就把所有東西都做得特別大。

怜重新坐好，用手掌抹了一下臉，回想起臨別之際的壽繪。現在應該已經打烊結束，正逍遙自在地看電視吃仙貝吧？

這是每個月的例行活動，怜說：「我今天要去櫻台了。」壽繪看似無憂無慮地揮了揮手說：「好喔——！替我向伊都子姊問好。」

想起壽繪的毛躁頭髮，是用在商店街的藥妝店裡買到的染髮劑自己染的，還有與美甲沾不上邊的圓短指甲……這回怜主動把整顆頭都泡進熱水裡。壽繪比伊都子年輕了二十歲，他不想拿壽繪和伊都子比較，這一點建設性都沒有。

洗完澡後，怜穿上慎一預先準備好的睡衣，走上寬度甚至能讓一個大人躺臥在上面的鋪地毯樓梯，他敲了敲二樓東邊伊都子書房的門。

「請進。」

聽到回答後，怜打開厚重的木門，只見伊都子坐在同樣厚重的飴糖色木桌前，正在打筆電，她的手指動作就像鋼琴師一樣流暢。

「媽，我要去睡了。」

「好，晚安。」

「晚安。」

怜正準備關門，伊都子從筆電抬頭叫住他。

「對了，你明天想吃什麼？」

「生魚片好了。」

「好，我會跟慎一說。」

卸了妝，換上居家服的伊都子，看起來符合年齡，似乎也顯露出疲態。想到她為了自己辛苦從東京驅車來到餅湯，怜實在不好意思說出：「妳早點睡。」這句話。

默默關上門的前一刻，他聽見將目光回到筆電上的伊都子，再次柔聲細語。

「晚安。」

怜有兩個母親——壽繪和伊都子，他是這兩個女人聯手拉拔長大的。

懂事後，怜就與壽繪一同住在商店街的家，從那時候開始，他就會固定每個月去櫻台的家住上一星期。

一開始是壽繪牽著他走上坡道，到大門前說：「喏，去吧！」怜不想和母親分開，每次都哇哇大哭，而壽繪總是頭也不回，逕自走下坡道，他慌忙要追上去，一定會被走出大門的伊都子抱走。等到再大一點，怜開始獨自一個人前往櫻台的家，因為他理解到自己似乎有兩個母親——壽繪和伊都子。

當然，他自小的朋友龍人和丸山家裡都只有一個母親，所以他覺得好像怪怪的，但壽繪和伊都子都若無其事地以母親的身分對待怜，因此他覺得或許也有人是有兩個母親。

怜和壽繪一起生活的時間更長，而且他一直看著壽繪辛苦操持家計的模樣，總是忍不住想要偏袒壽繪。

然而，怜在櫻台的家的房間裡有大量相簿，裡面貼滿了他嬰兒時期的照片，據說是伊都子和現在已經退休的女傭拍的。怜被伊都子抱著或哄著，或哭或笑。照片中的伊都子看起來很幸福，眼神無比慈愛，也有和女傭合照的照片，那名頭髮半白的婦人慈祥地抱著怜。

伊都子的自家在東京，怜沒有去過，但去送過一次文件的慎一說，伊都子住在公司附近的高樓住宅。儘管如此，為了能和怜相處，每個月的第三週，她都會天天在餅湯和東京之間往返。不管是一大早前往公司，或為了趕上晚飯時間，明明駕駛技術很差，卻在高速公路飛車趕路，她也都甘之如飴。

櫻台的家所有一切都大得莫名其妙，若說是巨大的浪費，的確也是。這裡似乎是光岡家從伊都子父親那一代就擁有的別墅，工作太過忙碌且講求務實的伊都子，若不是因為怜住在餅湯，一定會因為維護費用太驚人，而直接賣掉土地和房屋。

慎一到底是小白臉，還是別墅管理員，或者身兼兩者，真相不明。只不過，慎一說：「多虧了怜，我才能住在這裡。」所以怜把這裡視為「為了我的浪費」，應該也不是往自己臉上貼金。

他從沒看過壽繪和伊都子交談，甚至沒見過她們碰面，但對怜來說，兩人一樣都是他的母親。他當然應該也有父親，卻不知父親的長相、名字，甚至沒有人提起他的存在。

怜不曉得究竟是怎樣的苦衷，才會造就今天這種複雜的局面。自己是壽繪還是伊都子生的？或者根本不是她們兩人生的？這也不清楚。因為他沒有問過，壽繪和伊都子也都絕口不提。

然而，怜並不想知道真相，他害怕得知真相後，會把兩人拿來比較。甚至認為一旦去想「她是我的親生母親」、「她跟我沒有血緣關係」，和壽繪還有伊都子一起度過的這些時光，就會全部被糟蹋。

怜有兩個母親，兩個母親就是怜全部的家人。

怜從鋪地毯的陰暗走廊東邊走到西邊，進入自己的房間。嵌著裝飾窗格的窗外，可以看見楠樹大大地伸展而出的枝椏。

怜的房間也有一張飴黃色的豪華書桌，只是他幾乎不曾使用。因為他會在兩個家之間來來去去，課本那些都丟在學校寄物櫃，功課基本上會趁著上課前和下課時間，或是可以不用太認真聽課的課堂上寫完。成績也從未因此掉到讓人翻白眼昏倒的程度，他覺得自己或許意外地有點唸書的資質。

只是說到身邊的比較對象，就只有龍人和心平那類型，所以或許只是誤會一場。那兩個人是那種成天被打進不及格地獄，還能悠哉地在地獄大鍋裡哼歌泡澡說「這湯真讚」的人。要是成績比那兩人還糟，即便餅湯高中校風寬鬆，可能也難以繼續在學校裡混下去。

床鋪就算整個人癱成大字型都還綽綽有餘，但怜總是在角落縮成一團蓋上寢具。他已經習慣商店街的家小小四帖半榻榻米的生活了，因此寬闊的西式房間和西式床鋪，實在駕馭不來。他摸索著床頭櫃，用遙控器關掉房間照明。

聽著窗外樹葉磨擦的沙沙聲響，被勸菜而吃了太多霜降牛肉的胃，似乎有些消化不良。伊都子每回都會準備怜喜歡吃的東西，引頸翹盼能一起共度一星期。怜往想要回應她的心意，只不過對於怜全身的細胞來說，這個家所有的一切都只是「大而無當」。

為什麼人沒辦法記得嬰兒時期的事？怜總覺得既惱怒又難過。

♨ ♨ ♨

回到櫻台的家也沒什麼特別的事好做，所以怜忍不住在學校流連。

兩三下就解決了英文翻譯習題功課，怜坐在放學後的教室裡發呆，半晌後，臨時起意，決定久違地前往美術室，走進一看，丸山正對著畫布專注地動著畫筆。

餅湯和元湯的溫泉街，夏季和楓紅季節是生意旺季，因此餅湯高中在規劃年間行事曆時，也都盡量讓學校活動避開這些時期，像是運動會安排在五月的連假之後，校慶則是二月。這是因為許多學生家都是做觀光客生意的，旅遊旺季必須幫忙家裡。

十月的校外教學已經結束，直到十二月上旬的期末考前都沒有活動。大部分的學生都趁這時喘口氣，但丸山身為美術社社長，似乎已經把目標放在校慶，著手創作新作品。

人頭社員的怜打算「隨便擺幾張蘋果的素描交差，就算畫得有點歪七扭八也無所謂」，因此心態上相當輕鬆。他拉過椅子，坐在窗邊，免得打擾丸山。

連毫無美術細胞的怜都被拉了進來，由此可知，美術社正面臨危急存亡之秋。甚至可以說，任意把美術預備室當成愛巢的龍人和愛美，兩人的活動還比較旺盛。

今天美術室裡只有丸山一個人，正在畫風景油畫。怜不討厭松節油的氣味，抽動著鼻子看向畫布。丸山將藍色顏料一點一點疊上遼闊的天空和海面，仔細一看，翠綠的樹木之間，是熟悉的餅湯城。

門外漢的怜沒資格故作正經地在那裡批評什麼，不過，若要坦率地說出他的印象，這是一幅悠閒但無趣的畫。

丸山喜歡畫畫，打算報考美術大學，但餅湯沒有美術補習班，因此他好像在從小上課的繪畫教室練習素描。丸山的畫技絕對不差，就是覺得缺少了某些亮點。

首先，為何選擇餅湯城當做主題，怜就無法理解。把餘生奉獻給水彩畫嗜好的老人去寫生也就罷了，接下來就要報考美術大學、靠自己的畫筆闖出名堂的高中生，畫餅湯城幹麼呢？他不禁感到納悶。然而，沒有任何特殊之處，也可以說是丸山的特色。在小丸的眼中，生長的城鎮就是這樣一個和平靜謐的地方吧？這麼一想，也教人一陣揪心。

怜覺得一直盯著畫布看，可能會造成丸山的壓力，便把目光轉向窗外。不，坦白說，他只是想要從自身的焦慮和心虛中轉移目光。

對怜來說，餅湯的景色、所有的一切都黯淡無光，沒有任何可以讓他像丸山那樣著迷的事物。儘管如此，看到丸山的畫，他不由得會聯想到什麼：「喜好」和「天賦」未必是一致的。對於這樣的自己，他感到十分厭惡。

從一樓的美術室，可以將操場一覽無遺。學校沒有運動社團專用的場地，各個社團各自占據還算寬闊的操場練習。

今天棒球隊在進行守備練習，足球隊在外圈慢跑。美術室的窗戶關著，卻聽得到龍人格外響亮的狼號鬼叫聲：「吶！嘎！啦！」

以前怜問過：「這是什麼意思？」龍人自信爆棚地回答：「蛤？當然是『拿出幹勁來』啊！」可是怜怎麼聽，都覺得只是在怪叫「吶！嘎！啦！」。

龍人負責守右外野，站在離校舍很遠的地方、高高拉起的網子前面。他的後方，戴著防災安全帽的足球隊隊員一個個慢跑經過，應該是為了預防腦袋被飛來的棒球擊中。足球隊的顧問老師似乎很為學生的安全著想，或者說杞人憂天，不管什麼時候看，這景象都實在有夠怪。

在這樣的練習環境下，不可能打得過強校，所以餅湯高中不管是棒球隊還是足球隊，總是在正式比賽的第一輪或第二輪就被刷下來。即使如此，兩邊的隊員仍不氣餒，幾乎每天都追著球跑到天黑。尤其是校外教學後，隊伍似乎更加團結了，龍人和心平都幹勁十足。

現在也是。只見球飛到龍人那裡，剛好慢跑經過的心平從旁邊空手攔截接下，就這樣拿著球跑了，龍人追了上去。這時，練習揮棒的三年級學長大聲怒吼：「你們給我認真練習！」的同時，以華麗的揮棒技巧擊出一堆白球，棒球隊員為了撿球而雞飛狗跳。足球隊員則衝過來想救出遭到棒球集中炮火攻擊的心平，兵荒馬亂，操場呈現小亂鬥般的場面。

「喂！」怜忍不住出聲。

龍人跟心平到底在幹麼啦？剛剛還佩服他們認真投入球隊練習的自己，簡直像個白痴。那副德行，居然敢寫什麼「第一志願：廣島鯉魚隊」，臉皮未免太厚了。他們果然也跟我一樣，是沒有夢想、也沒有未來藍圖的政治冷感懸宕世代。

怜鬱悶地把視線拉回室內，發現丸山就像突然被車頭燈照到的貓一樣，回頭看著怜，整個人僵在那裡。看來是被怜那聲突然的「喂！」給嚇到。

「抱歉，不是在叫你。請繼續！」

「嗯……」丸山點點頭，但可能是專注被打斷了，他把畫筆擱到畫架上，這次整個人轉向怜。「昨天我去你家幫忙打烊，因為我們家的店很閒。」

「這樣啊！謝謝。」

「壽繪阿姨說她的腰好多了，我說我還會去幫忙，她就送我饅頭。」

「嗯，真是不好意思。」

實際上是就算有那個心，也沒有餘力付丸山打工薪資，可是……。給高中男生饅頭權充跑腿費，這算什麼啊？怜覺得很丟臉，那絕對是賣剩的餅湯溫泉饅頭。

壽繪從丸山和龍人出生時就認識他們，老是把他們當成「住在同一條商店街的可愛小朋友」；明明對自己的兒子怜卻說：「你已經是好手好腳的大人了吧！」鞭策他去做家事跟顧店。

壽繪的對應和認知那微妙的差異，究竟來自於何處？怜實在不明白。因為是家人，所以不需要客氣嗎？因為怜還有另一個母親，所以對他客氣嗎？怜和龍人或丸山不一樣，襁褓時期不住在商店街，他在櫻台的家由伊都子養大。

老媽和媽或許都不曉得該怎麼對待我這個兒子才好吧？這樣的想法油然而生，怜不禁嘆了口氣。

「那邊怎麼樣？」丸山擔心地問。

從小認識的好哥兒們丸山和龍人，當然知道怜有兩個家和兩個母親。怜不在商店街的家時，他們會幫忙伴手禮店的生意，或是關心壽繪的狀況。雖然和怜一樣不明就裡，但是有從小就知道這個事實、覺得「就是這樣的」的朋友，對怜來說，心理上是莫大的支持。

「跟平常一樣。昨天吃壽喜燒，今天說要吃生魚片。」

「還是老樣子，真豪華呢！」

「還有，我被問到畢業後的出路，我推說我都還沒想。」

沒錯，媽的意圖必須謹慎刺探才行。嘆息差點又要溜出口，怜連忙嚥了回去。

讓怜心情沉重的，是錢的問題。感覺這是對壽繪和伊都子都不能開口的事，因此他從來沒有明確地探問過。然而，怜隱約忖度，他的學費是不是伊都子出的？不僅學費，生活費是否也是伊都子資助的？

如果是這樣的話，伊都子到底在想什麼？當然，怜是她心愛的兒子，這應該是最重要的理由，只是一想到：難不成她期待我繼承她的公司？就頓時憂鬱到不行。那樣的話，自己得考上不算太差的大學，學習商業經營那些嗎？可是他對食品或家庭餐廳都毫無興趣。

當然，他對饅頭還有餅湯Q將吊飾也同樣無感，但如果明確地說出：「我沒興趣當社長。」或許來自伊都子的經濟援助會就此斷絕，所以他才會步伐沉重地往來於兩個家之間。

不，如果單純只是金錢問題，應該也不至於被這種讓人想要吶喊的沉重所壓頂。只要在高中畢業前顧左右而言他，閃躲到底，接下來不管是壽繪被庫存饅頭壓垮而關門大吉，還是後繼無人的伊都子像牛馬一樣被工作搾乾，都與他無關。他只要拋棄餅湯，遠走他鄉重新開始就行了。就算是怜，應該也掙得到足夠養活自己的收入。

縱使理智明白，感情上還是沒辦法切割，吶喊著：**我要自由地做我自己**。因為自己並沒有夢想，也沒有想要全心投入的事。怜找不到離開餅湯名正言順的理由，也無法積極地去這麼做。

更重要的是，他明白壽繪和伊都子都以各自的方式，將自己視為己出地珍惜。

如果壽繪是把怜當成搖錢樹留在身邊、伊都子是為了公司繼承人而用高級食材釣他，事情就更單純，心理上也更輕鬆。他甚至能大喊：「妳們把我當什麼了？」叛逆地騎著機車在海岸線狂飆，也可以拎著金屬球棒逼問：「哪有人有兩個母親的，給我解釋是怎麼回事！」

這當然是說笑的。怜基本上個性文靜，從小就習慣被兩個母親壓在頭上，即便豁出去了，也不可能用叛逆期這樣的形式表達出來。就結果看來，他也只能悶悶不樂，放棄思考，浸淫在餅湯溫泉半冷不熱的泉水裡。

愛很沉重。這要是大岡裁判＊，他的兩手早就已經被扯斷了。雖然很想泣訴：「代官大人！快點阻止她們！她們兩個果然都不是我親娘！」卻又覺得這是奢侈且媽寶十足的煩惱，無法向任何人傾訴。

「小丸你真好，已經知道自己的目標了。」怜羨慕地說。

「……倒也未必。」丸山看著畫布回答，那聲音難得聽起來冷冰冰的。「我覺得很悶，有時候會想要把即將完成的畫一口氣統統塗掉。」

怜以為是自己的心聲不小心外流了。原來小丸也會有這樣的心情啊！

「……問一下，用什麼顏色塗掉？」

怜就像迎頭遇上忽然現身的野獸，拿捏著距離探問。

「說黑色比較帥，可是今天的心情是藍色吧！」

丸山說完，再次拿起畫筆，全神貫注在如何表現水平線。

雖然有些落空，卻也感受到：小丸果然是小丸！有種信服的安心感。

♨ ♨ ♨

吃著生魚片、伊比利黑豬和西洋菜的涮涮鍋、比內地雞的炸雞塊，怜忍不住

＊注：大岡裁判，為描寫江戶時代大岡越前守事跡的創作故事中的一場審判，兩名婦人爭奪一子，代官大岡忠相決定讓婦人拉扯孩子，誰搶到就歸誰，但真正的母親不忍孩子疼痛而放手，最後判決放手的婦人才是真正的母親。

擔心這菜色對伊都子和慎一的健康是否堪慮，於是星期五的晚餐要求：「想吃煎魚。」驀然，他想起星期二吃的是豪華的生魚片船，甚至擺了顆眼珠子澄亮的鯛魚頭，連忙補充：「像鰺魚乾那種。」若是慎一的話，難保他會在伊都子的指示下，於庭院烤上一整尾鮪魚給他。

怜拚命思考晚飯想吃什麼？因為如果他說：「什麼都可以。」慎一就會對伊都子投以悲傷的眼神。每當怜點菜之後，慎一好像就會在白天出門採買，喜孜孜地準備晚餐，然後和伊都子一起等怜回家。這個人每個月有三個星期，都一個人被晾在別墅裡，沒有聊天的對象，只能整天修剪草坪、刷洗浴室地磚縫那些，肯定無聊死了吧？怜心裡暗忖道。

可是，我還是不想馬上回去櫻台的家。怜信步朝向高中旁邊的餅湯山，走上漫長的石階，在餅湯神社境內的長椅坐下來。今天是陰天，所以向晚來得特別快，但正面可以一清二楚地看到大海。只見和灰色的雲同色的浪頭，撞擊在各處，碎裂成水花。

怜摸索著書包，取出被壓在便當盒底下的英文單字本。待在櫻台的家的期間，便當是慎一替他準備的，配菜有高湯煎蛋、照燒鰤魚、起司肉捲這些，白飯一定都會灑上櫻花魚鬆。

「跟伊都子的便當一樣喔！」慎一每天早上都開心地遞便當給他，害他不好開口說：「我去福利社買麵包就好。」每個月有段時期，怜的便當會變得特別豪華；心平大概沒有發現，但藤島似乎察覺到了，卻沒有過問。

怜在吹來的風中冷得聳起肩膀，努力背誦英文單字，正想著差不多到了需要圍巾的季節時，石階的方向傳來粗重的喘息聲。**是山豬嗎？還是變態？**怜全身戒備的同時，倏然現身的竟是一身運動服的龍人，只見他汗流浹背，全身都濕透了。

「你……在幹麼啊？」怜嚇得結結巴巴。

龍人雙手扶膝，哈哈地調整呼吸，抬起頭來。

「咦？怜才是在這種地方幹麼？」

龍人好像是衝上石階而來，他踩著剛出生的小鹿般顫抖的腳步靠近，在怜的旁邊坐了下來，接著從斜揹在身上的包包取出瓶裝運動飲料，一口氣灌起來。

「棒球隊慢跑的日子，我都跑這裡的石階自主練習啊！」龍人回答。

「不是有說法認為，長跑和兔子跳*那些，對棒球訓練是百害而無一利嗎？」

平地也就罷了，全力衝刺超過兩百階的石階，在得到訓練效果之前，膝蓋應該會先被操爛吧？怜不由得擔憂起來，但龍人總是有辦法超越怜的想像。

「不是啦！這不是為了棒球訓練，而是為了祭典。」龍人朗聲宣言。

「蛤？」

確實，餅湯神社每年十一月下旬都會舉辦一場大型祭典，抬著神轎遶境到海邊。說得更詳細一點，不只是遶境而已，還有許多活動，最後又會抬回神社安置，是耗時一整晚的勇壯祭典。

趕在神轎返回神社前，志願男丁們只穿一條丁字褲衝上石階開道的活動，與其說儀式，更是整場祭典的重頭戲。男丁會比賽誰能衝第一，場面火爆危險，因此只限高中生以上報名參加。龍人和心平從去年開始，就磨拳擦掌。

「不會吧！你今年也要參加那個裸體祭喔？」

「有穿丁字褲啦！哪有裸體？」

「你去年不是被石材行的大叔撞飛了嗎？」

「就是啊！可惡！從那之後，每次我經過他們店前面，那個大叔就對著我賊笑，氣死我了！今年我一定要報仇！我跟心平已經擬定好要怎麼搶位的戰略，時間也縮短到快五十秒。」

「五十秒!?真的假的啦！」

＊注：兔子跳（うさぎ跳び），日本傳統的體育訓練動作之一，認為可以鍛鍊下半身，但後來發現此種動作容易造成運動傷害，效果不佳，遂逐漸廢除。

「去年第一名的漁夫田丸大叔是四十八秒。」

「我的天，簡直超越人類的體力。」

「怜你也來參加啊！」

「你邀人也看對象好嗎？我怎麼可能參加。」

「明明可以吸引女生。」龍人搖著頭，一臉難以置信。「愛美願意跟我交往，一定就是被我去年祭典的勇姿煞倒了。」

絕對不是！看到為祭典狂熱、或是餅湯和元湯動不動就爭鋒較勁的那模樣，愛美是那種會冷冷丟下一句「有夠蠢」的類型。那麼，愛美到底是看上龍人的哪一點，才會決定與他交往，這當然就屬於怜無法窺知的領域了。

「也就是說，你蹺掉棒球隊的練習，是吧？這樣可以嗎？」

「小時候相信長大以後想當什麼都可以，現在居然說我無法參加選秀會？這打擊太大了。都是阿關啦！害我好陣子都提不起勁來打棒球。」

當然，有沒有勁只是蹺掉練習的藉口。就算是樂天派的龍人，也不可能不知道加入職棒的門有多狹窄。這部分怜聽聽就算了，卻有個地方讓他有些在意。

「你小時候真的相信，長大以後想當什麼都可以嗎？」

「一點都不，隨口說說罷了。」龍人劈哩叭啦地捏碎空掉的保特瓶，接著塞進斜背包裡。「首先，我連『相信』這回事都沒有。大概是從上國中以後，我才開始長智慧吧！」

「也太慢了吧！」

看來龍人長達十幾年的時間，都以一團渾噩的「無」存在著。

在這傢伙的認知裡，我真的是兒時玩伴嗎？怜的內心滋生出對朋友的不信任。不過，怜自己從小也沒有想要追求的目標，從這個意義來說，兩人應該算是半斤八兩。

偶爾聽到的「小時候相信將來想當什麼都可以」的論調，或許就跟伊都子說的

「老人美化過去」是一樣的。

「欸，別鑽牛角尖啦！」龍人說著，站了起來。

「真突然。」怜覺得對話跳掉了，仰望著龍人。「是啦！對於國中以前都沒記憶也能滿不在乎的你相比，每個人都太鑽牛角尖了。」

「我有記憶，只是沒長智慧而已。這兩者差別很大的，計較一下好嗎？」

龍人似乎打算再衝刺一回。

天色暗得差不多，氣溫也變冷了，怜跟著一起離開境內。

樹葉在海風中搖擺著，感覺整座餅湯山都在低沉地嘈雜作聲。石階旁的樹叢裡有間隔拉得很遠的戶外燈，發出滋滋聲響，投射出微弱的黃光。

「最近啊，路人不是連午休都待在美術室嗎？」龍人輕快地步下石階，說道。

「是啊！好像新作品進入完成階段了。」

怜點了點頭，回想起全神貫注地揮動畫筆的丸山。

「明年才校慶，他實在太認真了。害我不能跟愛美見面，有夠難受的，希望他社團活動適可而止一點。」

「呃，你才該適可而止吧！你那樣不會被秋野嫌煩嗎？」

「才不會呢！」龍人邪笑著說，穿過紅色大鳥居，來到大馬路時，他再度揚聲道：「那麼，再見囉！櫻台那邊，就當作可以吃到美食很幸運就好啦！」

啊！怜心頭一驚。「不要鑽牛角尖」是在說這個嗎？其實龍人對身邊的人看得很細，他似乎也注意到怜正對雙重生活感到煩悶不已。

要道謝，真教人不甘心，而且也覺得不適合。正當怜不曉得該說什麼好時，龍人按了幾下有碼錶功能的手錶後，大吼一聲。

「啊——！好想幹一炮！」

只見龍人快速衝上石階去，運動服的背影一眨眼就消失在黑暗當中。

爛透了！被他感動了一下的自己，真是像個白痴！怜懊惱地暗罵道，轉身朝櫻台的家走去。

♨ ♨ ♨

週末，怜和慎一擦拭著全家的窗戶，然後加上伊都子三個人一起去純泡湯。溫泉湯屋就在鄰市的半山腰，因此三人坐慎一採買時開的紅色小轎車前往。湯屋地點絕佳，前方就是太平洋，回頭就看得到富士山，可能因為遠離市區，沒什麼觀光客。這是怜住在櫻台的家時，偶爾會三個人一起去的祕境景點。

慎一開車和他的個性一樣平穩，能安心乘坐。從後座看著伊都子和慎一時，還有在湯屋大廳吃午餐定食時，怜都忍不住思忖：別人會覺得我們是什麼關係？

伊都子和慎一說是情侶，距離過於相敬如賓；說是姊弟或母子，又過於親密。即使在外面，慎一同樣體貼入微，一下叮嚀：「化妝包放進行李袋了嗎？」一下替大家端免費茶水，殷勤地照顧伊都子和怜。

怜正在大浴場的浴池裡泡湯，洗好身體的慎一來到旁邊，舒暢地「啊——」了一聲，便伸腳坐下。

萬一不小心看到胯下，似乎會胡思亂想。怜堅持將目光定在正面，凝視著遠方海面，儼然像是搜尋索漂流者的海上保安官。

「明天開始，你跟伊都子姊又要分開了。」慎一喃喃道：「真寂寞。」

寂寞？他是認真的嗎？如果是說：「終於能從下人的職務解脫了。」這還可以理解。一個大人，而且是大男人，居然說什麼寂寞？怜感到難以置信，瞄了旁邊一眼。只見慎c霧面質地的黑眸凝望著大海，雖然看不出任何感情，卻讓怜感到恍然。原來每個人都有寂寞的時候嘛！

「這麼說來，之前不是聊到『七個敵人』嗎？」慎一突然把臉轉了過來，怜連忙回到海面監視任務。「伊都子姊則是說：『走出家門，就能遇到朋友和預備要認識的人。』」

「咦？」

怜忍不住看向慎一，發現他已經沒在看自己了，而與剛才不一樣的，他側臉泛著淡淡的笑意。

「她說：『要是這樣想，所有的一切就讓人無比期待了啊！』」

「是喔？那慎一哥你覺得呢？」

「我覺得會認為外面『有七個敵人』的人，應該是對任何事都看得涇渭分明的人，或是被家裡寵溺的人吧？」

那冰寒的嗓音，不由得讓泡在溫泉裡的怜，抱住了膝蓋。

怜完全不知道搬進櫻台的家以前的慎一，是在哪裡做什麼的？大概三年前，他第三週去櫻台時，發現伊都子難得已經在家，並把慎一介紹給他：「以後，他會住在這裡。」像忠犬般站在伊都子旁邊的慎一，笑咪咪地說：「請多指教。」怜嚇了一跳，趕緊回應：「請多指教。」就這樣直到今天。

多虧了慎一，櫻台的生活有了戲劇性的進化。女傭退休後，他們都吃伊都子買回來的高級熟食，而現在已換成慎一用高級食材烹調的親手料理。原本動輒被雜草侵蝕的庭院，也被青翠的草皮所覆蓋。

怜在櫻台的家更加無事可做，但與態度溫厚的慎一處得還不錯，也沒有怨言。只是他偶爾似乎會聽見在慎一內心肆虐的狂風呼嘯聲，當然他也從未深入追問過這件事。怜推測這個人一定也有許多想法和過往，只是他選擇假裝沒有發現。

「我很喜歡伊都子姊的這個想法。」慎一微笑著說道：「因為要是遇到困難，會伸出援手的，絕對是伊都子姊嘛！」

一個大人，而且是大男人，居然說什麼「嘛」？怜對此有些微詞，卻也同意這番話。應該沒有人想要被別人當成敵人，但有時愈是重視對方，就愈害怕自己受傷或是傷害對方，結果無法深入交心，搞到距離比敵人更遙遠，隔絕得更深。

啊！原來「寂寞」就是這麼回事啊！怜心想。用敵人、自己人來分類世界的人，或許孤獨，但應該不寂寞。如果不想和他人相互瞭解、相處在一起，根本就不會萌生寂寞之情。

話說回來，慎一是什麼時候跟伊都子聊到「七個敵人」的？怜不禁感到好奇。兩人的臥室不同間，果然是在晚上聊的嗎？除了指示晚餐採買事務以外，他們也會安靜地聊天嗎？

慎一倏忽哼起歌來，讓怜更加無法直視身旁的這名男子，他在熱水裡憋得難受，忍不住在心中默念：這傢伙可不可以快點出去？

晚上三人到港口大啖美味壽司，接著在吧台以伊都子為中心排排坐。我們看起來是不是像「黑手黨女頭頭跟她的小白臉一、二號」？怜又煩悶地忖度著。

三

餅湯神社的大祭中，龍人和心平不出所料，好像捅出婁子了。

由於商店街人際往來的關係，怜當然也幫忙了祭典活動，但沒有在出事現場，他只是在學校的傳聞中頻頻聽見兩人的「活躍事跡」罷了。

至於龍人和心平，兩人臉頰和手臂都帶著擦傷，因重度肌肉痠痛而呻吟不止，不斷地把從福利社買到的麵包塞進口中，什麼也沒說。既然他們不想主動說，可以輕易推測應該是沒能立下大功。怜也不想被兩人的牢騷嘆息破壞午休的平靜，因此沒有追問詳情，決定擱置不理。

至於祭典那天晚上究竟發生了什麼事，怜一直等到十二月後，才得知詳情。

這個時期，由於賞楓的觀光客人潮，餅湯商店街算得上人潮鼎沸。這個星期六，怜在丸山父母開的咖啡廳幫忙。散步走累想休息一下的觀光客陸續進門，商店街裡最靠近車站的〈帕拉伊索咖啡廳〉忙得不可開交。

平常總是像貓一樣邊打瞌睡邊等客上上門的丸山的父親，以及整天用店裡的電視看娛樂新聞，結果精通演藝圈八卦的丸山的母親，兩人幾乎是殺氣騰騰地在準備餐點招呼客人。

怜也幫忙將特調咖啡和鬆軟的雞蛋三明治等端上桌，或走進櫃台裡洗餐具，在店裡轉來轉去，忙到連坐下來的空檔都沒有。

怜住在櫻台時，會請丸山幫忙〈穗積伴手禮店〉。為了回報，怜總是在特別繁忙的時期來咖啡廳當店員，而丸山的父母會支付他打工薪資……儘管壽繪只會給丸山溫泉饅頭。

站在怜的角度，他當然會拚命想要為咖啡廳做出貢獻。他用顫抖的手端送擺滿杯碟的托盤，內心燃燒著怒火：都怪老媽沒出息，搞得我不管在商店街還是櫻台都得看人臉色！

時近傍晚，客人少了一些，怜和丸山父母總算可以喘口氣。

「今天真的忙翻了，幸好有小怜來幫忙。」

丸媽請怜在角落的座位坐下，丸爸招待他親手做的洋梨塔和特調咖啡。

「接下來，我們自己應該就應付得來了，你回去之前休息一下吧！」

「謝謝，那我不客氣了。」

黑咖啡太苦喝不下去，怜趁丸爸沒注意時，加了一堆牛奶和桌上的砂糖。

丸山的父母就跟丸山一樣，個性溫和，由於招牌上標榜〈芳香的自家煎焙咖啡〉，他總有些不敢堂而皇之地表明，自己是不懂得品嚐黑咖啡的小孩子舌頭。而這個地方就是常被龍人嘲笑：「你就是這種個性啦！」的原因之一吧？龍人說：

「這跟壽繪有沒有出息無關，你注定要看人臉色啦！只能認命了！」

我就是膽小啦！怜差點要嘆氣，但洋梨塔溫潤的甜味，立刻讓他振作起來。

據說，丸山祖父創業的這家咖啡廳，地板和柱子經年累月化成黯沉的飴黃色，原本是白色的牆壁，不曉得是被菸薰的，還是煎焙的關係，變成了淡淡的咖啡色。

零星幾位還坐在店裡的客人，都是商店街的居民，不是在跟櫃台裡切高麗菜絲的丸爸聊天，或是閱讀體育報。而丸媽一邊看傍晚的新聞節目，一邊幫店內的觀葉植物澆水。

柱鐘「噹」地宣告四點半，同時店內的門鐘也響了，丸山從繪畫教室回來。丸山和父母交談了兩三句，隨即走到怜的那一桌，並在對面坐了下來。他兩手端著檸檬蘇打，把其中一杯放到怜的前面。

才剛喝完咖啡就喝檸檬蘇打?可是怜是膽小鬼，不敢回絕：「我不要！」只能感激地接受丸山一家過度的招待。

「聽說，今天客人很多?辛苦了。」

「嗯，小丸你也是！」

兩人用吸管滋滋吸著檸檬蘇打。

伶擔心會不會水分攝取過多，但酸味舒暢地溜過喉間。

「我剛才經過龍人他們家前面。」

「嗯。」

「龍人跟他爸在店門口大吵一頓，兩個都快要互丟鰺魚乾了，結果他媽跑出來怒吼。」

「蛤？怎麼會？吵什麼架？」

龍人跟他父親本來就互看不順眼，卻都熱愛著自家乾貨。然而，居然吵到要拿店裡的商品當武器，或許雙方之間的龜裂，比伶所想像的還要嚴重。

「果然是『回宮』那件事太糟糕了吧！」丸山猜測地說：「龍人他爸暴跳如雷，說：『那是嚴肅的神事，居然搞得像什麼啦啦隊花招，你到底在想什麼？』

「……那小子在祭典上幹了什麼啊？」

「啊，對喔！你沒看到嘛！」

餅湯神社的大祭，也被稱為〈狂暴祭〉。兩座分別代表餅湯町和元湯町的神轎從神社出發，在各自的町內遶境。據傳，餅湯的神轎坐的是海神，元湯的神轎是山神，但詳情如何，連抬轎的居民也不是很清楚。重要的是，這兩位神明都最愛神轎被瘋狂搖晃或破壞。

明明是神，怎麼會這麼暴力？怜實在百思不得其解，只是這場祭典必然地會染上和悠閒溫泉區格格不入的勇壯色彩。

具體來說，來到商店街一角的小祠堂前，就用力把神轎砸在地上，來到河口附近的橋上，就把神轎扔進河裡，撈起來後，接著盛大地一路搖擺到海邊，丟進火堆當中，最後再把薰黑烤焦的神轎拋進海裡。

元湯町那裡，神轎的待遇應該也是半斤八兩。當然，每次祭典神轎就會被搞得破破爛爛，必須修理或是重做，所以町內會甚至有一筆「神轎基金」。怜懷疑餅湯神社祭祀的神明們是不是被虐狂？總之，傳說認為把神轎摧殘得愈厲害，神明就愈高興，所以也沒辦法。

由於祭典很奇特，慕名而來的觀光客也不少，有觀光客來看，就想要滿足人家的期待，也是人之常情，因此神轎的破壞活動今年也十分投入。身為〈穗積伴手禮店〉的唯一男丁，怜也不得不穿上商店街的短褂參加。怜覺得成天強迫他勞動的壽繪還比較適合參與對神轎的過激行為，但原則上只有男人才能參加。

多沒道理啊！反正只要去到現場，和去年以前一樣，站得遠遠地觀看神轎，就算盡了當地人的義務吧？怜如此盤算。壽繪卻一副理所當然的態度，說著：「拿去。」給了他一根木材。到底是哪裡撿來的啦？怜倒彈三尺。壽繪沒理他，兀自站在店面，笑著招攬路過的行人試吃餅湯溫泉饅頭。

男人們在瘋狂摧毀神轎時，女人家在商店街忙著從事經濟活動，招待觀光客喝酒，或委婉地推銷伴手禮。反抗也沒用吧？看吧，兩三下就認命的毛病又犯了！怜無奈地拎著木材走向海邊。

接下來數個小時，怜都跟在神轎後面走。龍人和心平當然率先跑去抬神轎，在各個關卡用力把神轎往地上砸。神轎被砸在地上，男丁便一擁而上，推啊踢啊跳上去騎，每回圍觀的群眾都發出驚叫歡呼。

怜則負責幫忙撈起被丟進河裡的神轎，或是在海邊協助生起大火堆，盡量不參與動粗行為，卻被祭典狂熱沖昏頭的商店街大叔們催促：「你也上啊！」「要讓神明開心，祈禱生意興隆！」

就是只知道求神拜佛，餅湯商店街才會江河日下，一蹶不振吧？怜心裡直犯嘀咕。不過，他實在不敢對眼睛像小孩子般閃閃發亮的大叔們澆冷水，只好掄起木材敲了神轎幾下。平常他根本不會想要拿木頭去打東西或打人，可能是被祭典的狂熱煞到，實際打下去後，發現還滿爽快的。

太可怕了！難道我內心其實隱藏著暴力傾向……。就在怜對自己萌生出隱約的質疑時，心平猛然「嗚啦！」一聲，給了神轎一記飛踢，將神轎踹進火堆裡。

「噢噢——！」本日最盛大的歡呼聲響起。

就算這場祭典就是要粗暴，居然敢這樣毫不忌諱地飛踢神轎？怜忍不住嘖嘖稱奇。我果然還沒禽獸到這種地步。

飛踢之後滾倒在沙灘的心平，接著像根棒子般彈起來，這回把在火堆中悶燒的神轎拖向海邊。大叔們爭先恐後地包圍神轎，將它高高抬起，一面激起水花，一面「嘿咻嘿咻」地走進海中。

「怜，上啊！」龍人抓住怜的手臂衝向海裡。

「咦？我不要啦——！」怜大叫，卻來不及抵抗。

下一秒，怜的帆布鞋完全被波浪打濕，等到留意到時，海水已淹到肚子了。用不著說，十一月的海水很冷。他被鹹鹹的海浪蹂躪著，凍得渾身發抖，當場就要轉身返回陸地。不過，這時他卻留意到一件事——

海邊擠滿了觀光客和町內會的大叔們，大喊著：「再大力一點啊！」氣氛正嗨到最高點，若只有怜一個人垂頭喪氣地返回岸上，有可能會招來「窩囊廢」的罵名。同儕壓力，好難受啊！怜在海中遲緩地踏著步伐，停留在原地，偽裝成「似乎有在一起對神轎動粗的人」。

龍人、心平和大叔們都凍到唇色發紫，卻還是開心地把神轎翻來覆去，或是壓進海浪裡。心平甚至還騎到神轎屋頂上，拔起頂部的鳳凰裝飾，正準備把飾物就這樣扔進海浪裡。萬一搞丟又要重做新的，光靠商店街的基金搞不好還不夠。

「心平！」怜大喊，舉手打信號，順利接住在空中畫出弧線飛來的金色鳳凰。

正確地說並非完全順利，鳳凰的翅膀是被怜的下巴夾住的，痛得他狂嗆流淚。為什麼我要吃這種苦……？仰望的天空覆蓋著灰色的烏雲，冰冷的白浪不停地拍打上來。可能是凍到感覺麻痺了，海邊的歡呼聲也變得悶悶的，聽起來好遙遠。怜吸著海潮香，懷裡抱著鳳凰站在海中。

海中的儀式應該只有五分鐘左右，感覺卻像一個小時那麼漫長。神轎「嘿咻嘿咻」地被拖回岸上，眾人圍著火堆取暖。大叔們大口暢飲招待的酒，怜分了龍人裝在保特瓶裡帶來的熱茶喝，卻還是冷到牙根直打戰。

祭典接下來將進入神轎返回神社的〈回宮〉階段。餅湯町和元湯町的男丁會脫到只剩下丁字褲，衝上神社階梯。若餅湯町的人拔得頭籌，餅湯的神轎就得到先走上神社階梯的權利。

據傳，如果餅湯贏了，該年就會漁獲豐收；如果元湯贏了，就是農作豐收。因此漁夫和農家大叔們都會特別卯足了勁，衝上石階。

龍人和心平這些準備參加回宮儀式的人，會先在海邊預備好更換的衣物和毛巾。明明是海邊，而且眾目睽睽，龍人和心平卻在大叔們幫忙攤開的浴巾遮掩下靈巧地紮上丁字褲，接著套上新的短褲，用乾毛巾在赤裸的上半身高速摩擦生熱。

光看就冷死人了！怜心想，從火堆旁邊站起來。

「怜，你要回去囉？接下來才是重頭戲吔！」心平出聲問道。

怜默默地揮揮手，蜷縮著身體抱著鳳凰，緩緩地爬上商店街的坡道。每走一步，濕掉的帆布鞋就發出嗤嚓的積水聲。濕答答的短褂貼在背上，風一吹來，便奪走他的體溫。

怜把鳳凰送去商店會會長開的茶葉行後，立刻返家泡澡。全身都凍僵了，在熱水中鬆弛開來的皮膚甚至陣陣刺痛。接著他下樓幫忙難得生意興隆的〈穗積伴手禮店〉顧店，看著穿過商店街返回餅湯神社的神轎，已經面目全非，變成了「迷你版破屋」。

龍人和心平似乎興奮到了極點，不曉得在哪裡脫了衣服，全身已經只剩一件丁字褲，神氣活現地抬著破屋。

「你不去參加回宮嗎？」壽繪問。

怜假裝沒聽見，專心向行人推銷餅湯溫泉饅頭。

「要不要來一盒？」

「怜一點年輕氣息都沒有呢！」

壽繪假惺惺地嘆氣說完，便走上二樓去收晾曬衣物。

怜感到無法接受，難道說「年輕＝只穿一條丁字褲」、「年輕＝在祭典放肆狂歡」嗎？不是吧？妳兒子為了維護商店街圓融的人際關係，在冬天的海裡泡得全身濕，回家後連飯也沒吃，就勤奮地幫忙推銷饅頭，可以不要再奢求更多了？

怜只想盡可能維護平靜的日常，認為這也是一種年輕的表徵，是對將來的希望與期待的表現形式之一。

怜之所以冀求平靜，與他有兩個母親，過著雙重生活，以及店裡生意慘澹，總是對家中經濟感到不安，或許不無關係。他在精神上沒有餘裕追求刺激或更上一層樓，也不清楚有沒有自己能做的事，對所有的一切都感到焦慮煩悶。

應該也有人會說，這樣的煩悶就是「年輕」。然而理所當然，對於年輕正盛的怜來說，不可能全盤接受自身的煩悶，並對此安之若素。他只能一邊暴躁地暗忖著：早知道就再多揍神轎幾下了。一邊笑容滿面地遞上找錢給觀光客。

「你才是對的。」

〈帕拉伊索咖啡廳〉裡坐在對面的丸山乍然出聲。

正在回想祭典當天的怜「咦？」了一聲，把浮游的意識拉回現實。

「你沒參加回宮是對的。」丸山說著，把吸管插進冰塊間，憤憤地吸起檸檬蘇打。「我們家是我爸去參加神轎遶境，結果回來後重感冒，躺了整整一天。」

原來是這樣嗎？這麼說來，對神轎動粗的現場好像沒看到丸山，似乎有看到丸爸在海邊的火堆取暖。

丸山一家可能是因為個性平和，總體來說，印象都很薄弱。

「我接下我爸的棒子，參加了回宮那邊的活動。」丸山說起祭典當晚的始末。

「不過我當然不想穿丁字褲，所以事先守在拜殿前面。」

終於到了祭典的重頭戲，餅湯神社境內擠滿了人，除了餅湯和元湯的居民、觀光客以外，還有當地報社及電視台記者、攝影師在現場待命。樹梢朝著夜空嘩嘩擺動，設置在境內各處的火把，就像不合季節的螢火蟲般灑著火星。

神社的石階底下傳來群眾熱烈的氣息，應該是在町內遶境的兩頂神轎抵達了。轎夫與跟隨神轎的男丁們為了衝上石階，當然都已經脫到只剩下一條丁字褲。

一想到近乎全裸的男人們在黑暗中密密麻麻擠成一團的景象，丸山便感到有些反胃。

「爬上石階後，參道不是九十度轉彎嗎？」

「嗯。」

怜回想餅湯神社的境內景象——走上石階後，立刻就是右轉，再前進約二十公尺後左轉，接著筆直通往拜殿正面。

要搶得頭籌，如何攻略這兩處轉角是關鍵。去年龍人在彎過第二個轉角時，被石材行大叔魁梧的肉體撞飛，腳力強勁的漁夫田丸叔趁機超前，痛失了第一名。

「商店會會長擔任裁判，我站在拜殿正面的拐彎地點。」丸山繼續回想。

為了觀賞轉角處的推擠衝撞，已擁擠得媲美都市通勤電車。參道兩側的最前線，也被一整排精明的攝影師占走了。丸山心想：人多就很溫暖，也滿不錯的。打算往後站，沒想到被群眾推擠著，不知不覺間，竟被擠到攝影機行列的後方。

怜聽著丸山的描述，暗忖道：真不愧是小丸，這是無欲無求的勝利，或者說淋漓盡致地發揮空氣感的成果。

大鼓咚咚敲個不停，在黑暗中低沉迴響的鼓聲，強勁帶動人們的心跳加速，最後敲出格外響亮的一聲「咚！」

以此為信號，石階底下湧出男丁們「噢！」的吶喊與熱氣。一大群人同時開跑，殺氣騰騰的腳步聲飛快湧近。聚集在境內的觀眾也抵擋不了期待，有人歡呼，有人舉起相機，都看著石階那頭。

跑上石階，第一個現身在境內的是心平，後面緊跟著應是元湯町的年輕人和龍人，漁夫田丸叔緊追在後。

丸山也忍不住情緒激昂，替他們加油。

「心平——！龍人——！」

只穿一條丁字褲、腳踩運動鞋的心平和龍人拚了命地衝刺，眼看即將來到第一個彎道了。

在火炬的光芒照耀下，也能看出元湯町的年輕人為了在最短距離轉彎，全神貫注，大腿肌肉充滿了力量。搶先的心平收勢不住，拐彎角度過大，失去了平衡。

有點不利嗎?正當丸山這麼想時——

「龍人!」心平突然煞住,半蹲下來,雙手伸進雙腿之間,做出汲水般的姿勢。「衝啊!」

「嘿呀!」衝上來的龍人,左腳蹬上心平的手。「吼哇!」

「嗚噢!」

心平使勁渾身之力,把龍人的身體朝天上拋去,而龍人把心平的手當成彈簧,華麗地飛上空中。

觀眾嘩然,相機閃光燈如雪花般紛紛亮起,就在那瞬間,境內被宛如白晝的光輝充斥。而丸山看見了,看見白光之中,飛過自己頭頂、只穿一件丁字褲的龍人。

為了抄近路切過第二個彎道,龍人和心平打出了空中戰。只不過,如同子彈般飛過空中是沒有問題,他們似乎沒想到著地該怎麼辦?因此飛越轉角的龍人,在拜殿前面的參道摔了個狗吃屎。

第一名的榮耀理所當然落入元湯町的年輕人之手，趴倒在參道的龍人和停在第一個轉角前的心平，被接連不斷湧入境內的丁字褲男丁們踩踏、亂踢。

「實在沒辦法，我把龍人拖到旁邊，讓他避難。」

原來如此，靠著漂亮的聯手技華麗地飛躍空中，所以龍人爸才會說「啦啦隊花招」嗎？怜忍不住搓揉太陽穴，感到頭好痛。

雖然的確叫〈狂暴祭〉沒錯，但餅湯神社的大祭是不折不扣的神事，居然耍些愚蠢的小手段，想要抄近路，被痛罵也是理所當然的。

「所以龍人跟心平都被老人家們惡狠狠地教訓了一頓。」丸山也搖搖頭，彷彿表示無可救藥。「更糟糕的是，龍人不僅沒有因此安分下來，還跑去跟來看祭典的秋野打情罵俏。」

「難不成，被龍人他爸看到了？」

「沒錯！兩人在拜殿後面摟摟抱抱被當場抓包。『現在是給你吊兒郎當的時候嗎？』好像搞到龍人他爸態度更加強硬，聽說現在都不讓龍人去元湯町送貨。」

龍人似乎也因此累積壓力，導致在店面時常上演壯烈的父子爭吵。怜祈禱〈佐藤乾貨店〉的鯵魚不會被怒火波及，烤得跟柴魚一樣硬。

聽完來龍去脈後，因為實在太白痴了，讓怜傻眼到家，卻也有些羨慕。

不管是對兒子發洩強烈感情的龍人爸，還是熱戀愛美而想她想得快發瘋的龍人，對怜來說，都像是遙遠行星的居民。

他認為往後不管活上多久，自己應該都不會遇到對人如此毫不保留、或是渴望某個人的局面。

♨ ♨ ♨

新的一週，餅湯高中進入期末考。

怜是那種平日就會乖乖唸書的類型，因此不會特別為考試做什麼準備。

藤島應該也一樣。充滿旅館繼承人自覺的藤島，平時雖然要幫忙家裡，但同時也在為考大學唸經營和經濟做好準備。

丸山想要讀美術大學，比起唸書，更熱衷於素描練習，不過他本來就很認真，成績也一直保持在中上。

至於龍人和心平，用不著說，他們是不可能唸書的。

對於怜這夥人來說，期末考只有一個認知——考試期間大部分第四堂就放學了，超輕鬆！

考試第一天的星期一午休。

他們也沒人打開筆記本，而是在通往頂樓的樓梯間平台悠哉地閒聊。到了十二月初旬，天氣也開始轉冷了，不得不放棄出去頂樓吃午飯。

怜都把遺蹟便當擺在教室日照良好的窗邊，炸雞塊的中心還是沒有完全解凍，吃起來有點冰沙感。真討人厭的季節！還是只能在家先微波一下嗎？可是微波很耗電吔！怜正想著這些時，丸山突然開口。

「聽說，又有繩文式土器被偷了。」

「咦？餅湯博物館的？」心平像松鼠一樣，炒麵塞了滿臉頰。

「新聞有報嗎？」藤島歪著頭問道。

龍人好像在用手機跟愛美傳情，不停地傳來通訊軟體接到訊息的叮咚聲。吵死了，直接講電話啦！怜心裡暗罵道。

「應該沒報。」丸山夾起便當盒角落剩餘的飯粒。「這是第二次了，而且繩文式土器那麼不起眼。」

難不成小丸把我之前說不起眼的事記恨在心了嗎？土器或許是不起眼，但我可絲毫不覺得小丸不起眼……雖然存在感好像有一點薄弱啦！怜緊張地窺看著丸山的臉色。

「我昨天在繪畫教室聽說的。」丸山似乎並無他意，淡淡地接著說。

每個週末白天，丸山都在繪畫教室努力練習素描，還會順便照顧幼童班，似乎相當如魚得水。

餅湯城內的博物館再次發生土器失竊案，似乎就是從來接幼童班小孩的媽媽們那裡聽說的。女人家口耳相傳的情報網十分強大，繪畫教室又位在餅湯城的小丘山腳下，所以才能第一個聽到消息吧！

「對了，我昨天去了東京吔！」嚥下麵包的心平倏忽偏了話題。

心平你白痴啊！怜內心充滿了更強烈的緊張。**幹麼突然丟出「東京」這種感覺很華麗的話題？小丸在說繩文式土器的事，好好聽啦！**

「喏，我爸不是一個人調去外地嗎？」心平不理會心急如焚的怜，開朗地接著說：「可是，他好像從今天開始要去東京總公司出差。我們家就想說，既然如此，星期天在東京會合，觀光一下也好，所以就跟我媽還有我妹一起去了。」

心平的父親在一家大型電機廠上班，據說是在餅湯近郊的工廠任職時認識心平的母親，進而結婚。不過這兩年多，都把妻小留在餅湯，一人在博多分店上班，似乎經常透過SKYPE視訊，傾訴自己多麼寂寞。

心平一家人在東京久違團聚，父母卻在日本橋的商業大樓裡的餐廳，打造出小倆口的甜蜜世界，聊個沒完。心平和小五的妹妹菜花都正值敏感的年紀，看不下去父母卿卿我我的樣子，也覺得自己似乎是電燈泡，便兩個人跑去大樓周邊探險。

「我們不熟悉那一帶，人又好多，不知不覺間就沿著後面的路，一直走到銀座那裡去了。」

那條路有大大小小的古董店，櫥窗展示著雄偉的龍型青銅器，或褪色黯淡像古文書的東西。菜花品味滿老成的，開心地一樣樣端詳櫥窗裡的商品；心平則覺得「好像免費博物館」，替妹妹唸出標價上的說明。

「上面的漢字都好難喔！我只能隨便說『中國某時代』矇混過去。」

當然還是贏得菜花尊敬的眼神，讓心平心情舒爽地繼續逛下去。之後他們在一間店面狹小的古董店前驀然停下了腳步，只見櫥窗裡擺放有著蜿蜒裝飾、疑似繩文式土器的東西。

太好了！怜放下心中大石，還以為心平要扯開話題，原來跟土器有關。心平不是不甩丸山，而是有了自己的聯想，才會看似唐突地提起「東京」的話題。就是說嘛！心平雖然是個傻子，但不是會把小丸當空氣的那種人。怜對不相信朋友的自己感到羞愧，在心中全力道歉。

「看到那土器，我忽然覺得好難過。」心平不可能知道怜的內心席捲而過的小風暴，漫不經心地繼續說：「想到我做的土器被偷走，不曉得被賣到哪裡去了？」

「等一下。」怜感到莫名，瞬間拋開內心的道歉。

「我好像聽到什麼不能置之不理的發言？」藤島也同意附和道：「『你做的』？什麼意思？」

「嗯，我也是看到土器的實物才想起來。」不知為何，心平驕傲地挺胸說：「大概是小學六年級的時候吧，校外教學去了餅湯城的博物館，不是有做繩文式土器嗎？」

有嗎？怜疑惑地看向丸山，而丸山露出搜尋記憶的眼神，感到納悶。

「我記得是生火體驗，或許是分組活動。」

「我記得、我記得！」龍人乍然開心地大叫，叮叮咚咚傳訊息似乎總算告一段落，只見他放下手機，探身湊過來。「心平超會做土器的！」

「噢，你還記得？就是說啊！我超會做的，再多稱讚我一點！」

「博物館的人還說：『你是繩文人再世！』」

「還好啦！雖然我就是這麼厲害！」心平扭動上半身，不害臊地說。

唸書完全不行，為了準備考試打開筆記本，裡面也全是塗鴉，該說正因為如此嗎？龍人和心平似乎都對教室以外發生的事，印象特別深刻。

「我超開心的，後來好一陣子都自己一個人跑去博物館，跟館員一起做了一堆土器，還在豎穴式住居前生火燒土器喔！」心平的眼神宛如在回憶昔日榮光。「做了很像人偶的……喏，那個叫什麼去了？」

「土偶？」丸山支援回應。

「對對對，還做了土偶。館員很高興，稱讚說：『你真的好厲害！』那批作品好像真的很傑作，應該還擺在博物館的某個地方。」

不要量產土器或土偶好嗎？這不算偽造文物嗎？怜禁不住頭暈，卻也忍不住佩服。確實，心平具備媲美繩文人的強悍，只是他居然真的擅長做土器，這完全超乎預期。人類擁有什麼樣的潛能，實在深不可測。

不過，在現代生活中，就算會做土器，有辦法因此贏得讚賞嗎？比方說在江戶時代，一定也有人具備天才駭客的資質，但本人當然不可能發現這個事實，而從事其他工作結束一生。這麼看來，心平做土器的才能，或許也能說是一種懷才不遇。怜對此感到恍然，這確實教人難過。

當然，心平在古董店看到土器時的感受，比起傷心，應該更接近義憤填膺——或許我做的土器，也在某家的庭院被當成花盆活用，怎麼能隨便偷去賣呢！

「那家博物館的保全真的很爛吔！」心平顯得不滿。

心平的單字量有點貧乏，因此幾乎所有的感情都被歸類為「快樂」、「傷心」、「肚子餓」這三種。然而，怜看出那例外的「難過」，是心平絞盡腦汁將盤踞在內心的複雜感受及思考轉化成語言的表現。身為朋友，他想要認真面對心平那樣的情緒。

只不過，他實在不認為心平製作的土器還留在博物館裡，甚至被人偷走。不只是怜，心平以外在場的每個人似乎都這麼覺得。就算心平再怎麼厲害，畢竟是小學生做的東西，而且餅湯博物館就算散漫，應該還是會鑑定收藏品的真偽吧？

「好！」龍人拍打了一下盤坐的雙膝，站了起來。「總之，放學後去視察一下保全狀況吧！」

午休時間想要跟愛美在一起，但劈頭否定心平的主張「哪有可能」也於心不忍，只是這樣下去又無法結束話題，所以龍人才會提出「視察保全狀況」這個苦肉之計吧？

「咦？今天嗎？」怜問。

「嗯，反正很閒。」已經動身走下樓梯的龍人稍微回頭，理所當然地應道。

今天確實是沒有社團活動，那是因為現在是期末考期間……。怜想到這裡，念頭一轉：這麼說來，龍人也不可能會去復習明天要考的科目。

關於這一點，可以說在場的每一個人都是如此。

「偶爾去一下博物館或許不錯。怜，你呢？可以不用顧店嗎？」

目送龍人的丸山，點頭問道。

「嗯，昨天煮了咖哩，晚餐兩三下就準備好了。」

「我PASS。」藤島說：「今天有團客預約，我得幫忙宴會送餐。」

「少來了藤島，其實你想回家準備考試對不對？」心平調侃道。

「你女生啊？」

「『妳有沒有準備？』『完全沒有吔！慘了啦！』為什麼女生老愛講這種話？」

「有嗎？男生有些人也會啊！總之，心平你最好不要放學亂跑，乖乖回家唸書，一起升上三年級吧！」

藤島說完，便拋下剩下的三人。

「不要！我也要去博物館！我的土器正面臨危機！」

「好好好，那，在一樓樓梯那裡會合。」

如此這般，除了藤島以外的四人，決定在放學後前往餅湯城所在的小丘。

♨ ♨ ♨

在餅湯站前上了公車，車子沿著海岸道路行駛沒多久，爬上綠色的山丘，終於來到餅湯城前面。

「不管什麼時候看都好寒酸喔！」

「很像國道旁邊常見的純泡湯湯屋呢！」

下車的心平和丸山仰望混凝土建築的餅湯城，嘆息道。

「乾脆牽個溫泉上來，或許比較能招覽人潮。」

龍人說完，立刻動身前往城堡。怜也重新圍好圍巾，阻擋海風，跟了上去。

城堡門口是玻璃自動門。這時代的考證實在太詭異了。門旁的牆上貼了一張手寫告示：〔參觀餅湯町立博物館的遊客，請洽入內後右方櫃台〕。

明明做塊看板就好，博物館唯一的標示卻只有那張紙。小學來這裡校外教學時就隱約感覺到，這裡所有的一切都教人遺憾。

可能是人手不足，櫃台上靠著一根濕拖把，沒看到人影。櫃台上擺著像募款箱的東西，附上一張一樣是手寫的紙：﹁入場費請投入此箱﹂。看看價目表，學生一百圓，怜等人乖乖投入費用。這樣不會有貪小便宜的人白白參觀嗎？怜感到擔憂。

不知為何，從大廳就跟展示間差不多陰暗，天花板上的螢光燈氣若游絲地發出滋滋聲。仔細一看，快熄滅的螢光燈上有蟲子般的小黑點在移動。

這年頭居然不是LED燈！是如假包換的傳統螢光燈。怜震驚不已，勉強說服自己說：這或許是一種策略，就算櫃台沒有人顧，遊客看到這太過淒涼的景象，也會忍不住掏錢出來。

還沒參觀就已意氣消沉，接著踏入的展示間內，不出所料，沒有半個遊客。這也是當然的，玻璃櫃裡陳列著泡在福馬林裡的褪色的蛇、處處掉毛的山豬標本等，呈現出讓人難以招架的哀愁集合體景象。

看了牆上標題是﹁餅湯的生物﹂的說明板，怜嘆了口氣。明明就沒什麼值得一書的生物，何必設置這種展區呢？不過，說明板終於是印刷的了，但疑似錯字的部分貼上貼紙掩蓋，一樣手寫填上正確的字。

附帶一提，手寫的部分是〈餅湯在完美的調和中，有著豐富的生物〉這段裡的「和」字，可以猜出八成是打成「合」之類的錯字。到底是誰打的啦？一點都不「完美的調和」好嗎？怜沒完沒了地不住嘆息。

「博物館是這樣的嗎？」

丸山正在看展示著巨大木製脫穀機的〈餅湯的農具區〉，有些委婉地喃喃道。

「我不曉得其他地方怎麼樣，不過我覺得應該不是。」

怜回應，脫穀機旁邊擺著隨處可見的鋤頭，他都快昏了。

「喂，怜！路人！」心平用不適合博物館的大音量叫喚著。

走到裡面的空間一看，玻璃櫃裡並排著許多繩文式土器，也有手掌尺寸的圓柱型土器。根據牌子上的文字說明，似乎是繩文時代的耳環。繩文人都把這種東西插在耳垂上嗎？繩文人的狂野讓怜戰慄。不過，也有據說是項鍊或手環的漂亮翡翠珠串，讓他感到親近。幾千年前的人類也喜歡打扮呢！

如果沒有美感，就做不出繩文式土器吧？展示的土器尺寸就像大號的盆栽，每一個邊緣都鑲著翻騰的波浪狀裝飾，完全就是颱風天的餅湯大海。是在豎穴式住居裡躲避暴風雨時，揑土將故鄉的情景刻畫在土器上嗎？一想到波濤碎裂前一刻的景象，已經被封存在這個土器近乎永恆的時間，怜感到一陣悚懼，因為他活生生地感受到早已不在世上的人的呼吸。

然而，龍人這個人和這類感懷沾不上邊，他用力推晃玻璃櫃。

「牢牢鎖上了呢！」

「感覺可以用鐵絲輕易打開。」丸山蹲了下來，檢查掛在拉門重疊處像凸肚臍般的圓鎖。「不曉得小偷是從哪裡進來的，所以也不能說什麼。不過，或許是從收藏庫偷走土器的。」

心平蹲在玻璃櫃前，嗯嗯地低吟著。

「怎麼啦？」

「這個是我做的嗎？總覺得很像是。」

心平說著，伸手一指，是在有波浪裝飾的土器當中，最打動怜的一個。

「你也太厚臉皮了吧？」怜感到傻眼。「小學生哪可能做得出這種東西？」

「不，就跟你說，我做得真的超棒的！可惡，如果那時候的館員在，就可以叫他作證了。」

於是，眾人同時回頭朝櫃台大叫：「請問有人嗎？」卻依然沒有任何館員現身。都發生過兩次竊案了，未免太不小心了。

「展示的是心平製的土器，這個可能性變高了。」怜笑道：「因為是假貨，被偷也沒關係，所以才會這麼不設防。」

心平完全不把怜的挖苦當一回事，嚴肅地為他宣稱出自其手的土器擔心。

「那可是我的傑作呢！希望他們好好珍惜。」

差不多該回家了，否則肚子餓的壽繪可能會舉辦起「一人狂暴祭」。

眾人再次搭乘公車下山丘，四人並坐在最後面的座位，怜把臉湊近暗下來的車窗。除了偶有對向來車的車頭燈掠過以外，什麼都看不見。

「心平，你沒在你的土器上簽名嗎？」丸山低聲問道：「小學時，你不是設計了一個簽名，準備在變成足球選手派上用場嗎？」

「不要挖掘我的黑歷史啦！唔，好像沒有簽名呢……」

「如果有什麼記號的話，就可以知道是不是你做的土器了。」

「路人！你相信我做土器的技術是吧？謝謝你，太謝謝你了！」

龍人好像已經睡著了，就算褲袋裡叮咚叮咚響個不停，他依然深深地頹靠在椅背上一動也不動。

♨ ♨ ♨

回家後，怜正在廚房熱咖哩時，藤島打電話過來。

「怜，不好意思，餅湯Q將吊飾還有庫存嗎？」

「多到讓人懷疑它們是不是自行繁殖了。怎麼了？」

「今天的團客是法國人。」

「法國人也會團體旅行喔？」

「嗯，我們也是第一次遇到，不過好像有些人會。這不是重點，重點是餅湯Q將吊飾。」

就藤島的說法，團客當中有幾個人白天在商店街散步，看到餅湯Q將吊飾，覺得超可愛就買了。回到旅館休息時秀給朋友們看，結果很多人吵著也想要。但〈藤島旅館〉裡的商店，不巧只剩下三個，數量完全不足。

這商品完全銷不動，也是沒辦法的事，因此旅館商店人員的庫存管理，可以說是恰如其分。

「明天早上他們就要搭遊覽車出發了，沒辦法再去商店街。」藤島說：「沒買到餅湯Q將吊飾的人都很遺憾。如果可以，你們能不能來這裡販售？」

「好，大概要幾個？」

「三十個就夠了，如果有剩下的，我們再用批發價收購。當然，今天晚上的營業額都歸你們。」

「謝謝惠顧，我馬上過去。」

結束通話後，怜三分鐘快速扒完咖哩飯，把壽繪的份盛到碗裡後下去一樓。

「我得去一趟藤島旅館，妳在這裡吃。」

這樣會搞得店裡都是咖哩味，反正幾乎不會有客人，無所謂啦！怜從商品架底下拖出塞滿餅湯Q將吊飾的紙箱。

「是沒關係，怎麼了？」壽繪立刻吃起咖哩，訝異地問。

「聽說，餅湯Q將吊飾超受法國人歡迎。」

「真假！」壽繪大笑，結果飯粒好像掉進氣管，差點沒把她嗆死。「好詭異的品味，會不會是擬態成法國人的外星人啊？」

「妳很沒禮貌吔！」怜說著，把餅湯Q將吊飾倒進環保袋裡。

餅湯Q將吊飾雖然被貶得一無是處，仔細觀察，也是有它討喜的地方。

怜接過壽繪為他準備的零錢包，跨上淑女車，前往元湯町的〈藤島旅館〉。

連接餅湯和元湯的路，大致上只有兩條：沿海的小路，和經過餅湯神社石階前面穿過餅湯山半山腰的路。海岸線的路沒有起伏，自行車騎起來比較輕鬆，但蜿蜒得很厲害，因此距離較長，也比較花時間。

怜猶豫了一下，選擇了餅湯山路線。他站起來踩踏板，賣力爬上路燈稀疏的道路，不禁感到有些後悔，應該叫身體鍛鍊到強健到不必要的龍人來騎，然後自己坐後面。正當大腿開始感到痠痛時，樹木間看見了元湯町的燈火，總算進入下坡。回程絕對要走海邊的路。

〈藤島旅館〉如同它老字號的歷史，是一棟有著豪華破風屋頂的和風建築物。

怜把自行車停在停車場角落，踩過鵝卵石地靠近玄關，掌櫃立刻發現他，為他拉開大片玻璃門。

「不好意思，夜裡還要你跑一趟，但幫了我們大忙。」

掌櫃年紀都可以當怜的祖父了，卻彬彬有禮地向他招呼道。

「哪裡，我才是。」

沒住過日式旅館、也沒來送過貨的怜，顯得不知所措，支吾應答。

掌櫃領他前往大和室，男女老幼的法國人正在歡暢飲食。他們似乎都泡過溫泉，已經換上了浴衣。也有老爺爺詢問女服務生菜色，一邊聆聽說明，一邊應聲點頭。雙方的英語好像都不好，卻似乎還是能傳情達意。是怎樣的一群團客實在很謎，但看來玩得很盡興，令人慶幸。

穿著日式工作服的藤島，指間拎著啤酒瓶，走進大和室。

「怜，你來得真快。謝謝。」

「各位，餅湯Q將吊飾來囉！」藤島大致將啤酒分發下去後，揚聲道。

咦？我聽得懂？我什麼時候英語還是法語變得這麼好了？怜瞬間感到疑惑，藤島說的當然是日語。

不過，當聽到「餅湯Q將吊飾」這個詞，大廳裡的法國人都笑逐顏開地抓著錢包殺向怜。

餅湯Q將吊飾到底是哪裡如此吸引他們……？吊飾狂銷熱賣，賣到連這個疑問都被拋到九霄雲外。結果怜帶來的三十多個餅湯Q將吊飾熱銷一空，法國人和怜都心滿意足。

看到他們立刻把吊飾別在錢包上，或珍惜地收起來可能要當成伴手禮，怜不禁反省：我是否太看不起餅湯Q將吊飾了？

怜離開氣氛更加熱鬧的宴會，和藤島一起在大廳的沙發坐下。看到餅湯Q將吊飾意外的人氣，兩人都有些興奮地談論著。

「我一直覺得餅湯Q將吊飾滿詭異的。」

「一樣東西會爆紅，真是沒有道理可言呢！我們旅館的商店，也得好好確保餅湯Q將的庫存才行。」

「或許可以考慮上網賣給外國人，下次我會跟商店會會長提議看看。」

「不只是吊飾，可以增加更多商品種類。」

令人夢想無限的餅湯Q將……然而，怜和藤島都很清楚，夢想歸夢想，只是單價數百圓的商品熱銷了一下，不可能成為讓這個溫泉區起死回生的王牌。

不過，怜還是想要盡量延續一下這愉快的心情，便提供了新話題。

「對了，說到博物館，那寒酸真是超乎想像。別說遊客了，連館方人員都沒看到半個。」

「真的很像餅湯作風……萬一又有土器被偷怎麼辦？」

「我真的覺得展示心平做的土器比較好，那種東西應該不會有人偷。就算萬一被偷，也沒有損失。」

「你真的很壞吔！」藤島顯得很樂。

大和室那裡傳來歡笑喧嚷聲，想到自己去博物館時，藤島一直在工作，怜覺得羞愧了起來。

為了掩飾先前莫名的興奮，他清了清喉嚨。

「生意很好呢！」

「今天是例外。」藤島說完，聆聽著喧鬧聲半晌，微笑著問：「你也要繼承家裡的店嗎？」

「不確定吔！為什麼這麼問？」

「因為看你好像很有推銷餅湯Q將的幹勁。」

「這種幹勁一下子就萎靡了啦！畢竟那可是餅湯Q將，就算想開發新的周邊，也無從發揮。」

「確實。」

雖然彼此苦笑，但怜在內心還是夢想了一下，自己繼承〈穗積伴手禮店〉，和成為旅館少東的藤島通力合作，把餅湯溫泉建設得風生水起，或許也很有趣。當然他完全無法有任何具體的想像，連晚上睡覺做的夢都還比這更有質感且真實。未來比夢更遙不可及。

「不只是元湯，每一家日式旅館基本上都是靠著借貸在經營，因為要維持設備非常花錢。」藤島低聲牢騷道：「可是，聽到這家旅館從江戶時代傳承到現在，也沒法逃避繼承。」

藤島的心情，或許就和說想要把畫全部塗掉的小丸一樣。這樣的苦悶是不管出生在何處，即使是出生在東京或紐約那樣的大都會，都無法逃避的嗎？只要有心，只要有腦，就會嚮往著這裡以外的某處，卻又無法得到完全的自由嗎？

怜聯想到在餅湯博物館看到的福馬林裡的蛇，以及失去靈魂的山豬標本。注定要死心認命，活在完美的調和裡，身為大腦囚徒的我們。

藤島和丸山，龍人和心平還有怜應該都一樣，不可能徹底甩開家人這些與自己有關的人，遠走高飛吧！因為空虛與憧憬總是一體兩面。

怜想不到該對藤島說什麼，覺得藤島也不是想要他說什麼，只能輕輕把手搭到朋友肩上，從沙發站起來。

「回家路上要小心啊！」

「嗯，明天見。」

自行車微弱的車燈，像鬼火般照亮海邊的小徑。右邊緊貼著山壁，左邊有數盞小燈搖曳著，可能是釣船的燈火。

綿綿不絕的浪濤聲與潮香，宣告著：就算看不見，我們也在這裡。
大海無盡地黑，無從逃離。

四

怜的期末考成績一如水準，導師關口太郎放學後把他叫去出路諮詢室。

「怎麼樣呢？你有沒有想考哪一所學校，穗積同學？」老師有些懦弱地問道。

「沒有，也不知道上大學要唸什麼好。」

「每個人多半一開始都是這樣的。」關口老師有些巴結地說：「進了大學，上過各種課，就會漸漸釐清自己想學什麼了。照你的成績，接下來的一年好好努力，老師覺得應該想進哪一所大學都沒問題。當然，突然想考牛津大學或麻省理工大學可能沒辦法啦！」

這樣啊！站在老師的角度，比起繼承家裡的伴手禮店，還是希望我繼續升學啊！怜心裡思忖著。這樣也才能貢獻學校的升學率嘛！

不曉得是如何解讀怜的沉默，關口老師低下頭。

「抱歉，老師的升學指導不夠周到。當然，如果你需要，老師會努力寫英文推薦信的，你放心。」

「不，呃，我並不打算報考外國大學。」

「啊，這樣嗎？太好了，老師英文不好。喏，老師是教日本史的嘛！」

不知為何，結果是讓關口老師安心，而不是讓怜安心。讓怜耿耿於懷的不是要考哪一所大學，而是上大學本身。

「我非考大學不可嗎？」

「當然不是。」關口老師平靜地說：「只是照你的成績，老師覺得讀個大學學歷，不會有損失。你有什麼現在立刻想做的事嗎？像是為某些工作累積經驗，或是有什麼想要投入的興趣。」

「沒有呢！」

「嗯，既然如此，那就更應該讀大學了。這樣說或許不中聽，但有了大學文憑，選擇的範圍就會寬廣許多。如果要進企業，大學學歷的起薪也比較高。」

換言之，這樣做比較「穩妥」，所以能讀大學就去讀，似乎是這麼回事。如果自己更有霸氣，或是更積極一些，就能更直截了當地表達意志，像是「那，我就考考看好了」，或是「我已經有了想做的事，所以不讀大學」。

怜憋住想要出口的嘆息，望向畢業出路諮詢室的窗戶。從二樓窗戶，可以看到覆蓋著餅湯町的灰色冬季天空。

「呃，難道你擔心的是那個……經濟方面的問題？」

關口老師客氣的提問，打破了片刻間籠罩室內的沉默。

「這是個很重要的考量。」

怜把目光移回老師身上，點點頭說。

「這樣啊……」

一看就是個老好人的老師，右手抓了抓半白的頭髮，頭皮屑如細雪般落在深藍色開襟衫的肩頭上。

「就算有獎助學金可以申請，畢業後要還也很辛苦，老師也不好隨便建議。可是老師還是覺得你不上大學很可惜，可以跟家裡的人再討論看看嗎？」

「好。」

怜感受到關口老師是設身處地為他著想，起身行了個禮，便轉身離開。

寒冷的走廊上，下一位是丸山正在等待。怜對表情有些緊張的丸山輕笑了一下，回教室收拾準備回家。

他覺得如果拜託伊都子，不管是考試報名費還是學費，伊都子都可以輕易掏出來。可是他覺得這樣做似乎是在侮辱壽繪，而且也像是為了漫無目的地上大學，把伊都子當成錢包利用，令人裹足不前。該怎麼做才好？走出校門的時候，怜終於忍不住大嘆一口氣。

♨ ♨ ♨

今年的聖誕夜，剛好是第二學期的結業典禮。

關口老師在班會上發表了含糊不清的訓示。

「聽說，一塊年糕的熱量相當於兩碗飯，不曉得是不是真的……老師最近因為有點糖尿病，不能吃太多，但大家好好享受新年吧！還有，希望大家也不要太荒廢了學業……」

老師話還沒說完，龍人已經心不在焉，中午鐘聲一響，人便同時衝出了教室。他說要跟愛美約會，應該是去隔壁教室接她了吧！怜覺得餅湯町沒有適合聖誕節的約會地點，納悶他們到底打算去哪裡？

聖誕節是和怜毫無關係的節日，他提著只裝了筆盒和成績單的書包，快步穿過操場，走下學校所在的小丘。

上星期怜是從櫻台的家上學，他發現慎一在客廳準備了將近三公尺高的聖誕樹在等他，樹頂的星星幾乎要碰到天花板，感覺很懋。

雖說每年皆是如此，但這麼大的聖誕樹相當新鮮，令人驚奇，每次看都覺得：好像美國家庭劇，還是百貨公司。而且上面放滿了聖誕老公公、馴鹿，還有像鏡子球的裝飾，加上電燈泡，豪華絢爛。

「慎一哥好有品味喔！」怜真心感到佩服。

「是嗎？」慎一聽了很開心。「我什麼都沒有，就時間最多。」

這一點都不值得炫耀。

慎一似乎接到伊都子的指示，從兩星期前就開始準備聖誕樹和大餐。

聖誕節前的星期六，慎一用烤箱做了填滿豆子和蔬菜的烤全雞和海綿蛋糕。怜也幫忙用鮮奶油和草莓裝飾蛋糕，接著和從書房出來的伊都子，三個人一起默默品嚐充滿聖誕節氣息的晚餐。

怜送禮物給伊都子和慎一，也是歷年的慣例了。怜猶豫了很久，在商店街的雜貨鋪買了小鳥圖案的手帕送伊都子，在文具行買了原子筆給慎一。

每年送的禮物都不怎麼樣，而且原子筆是幾百圓的東西，文具行的阿姨還說是躺著也能寫的加壓式原子筆。怜心想：就是它了！因為慎一說他都會在就寢前寫下隔天的採買清單，老是埋怨：「為什麼躺著寫原子筆就出不了水呢？」

怜只會坐著寫字，所以從來沒發現違抗重力墨水就出不來這件事。原來文具業界早已克服了這個難題，並製造出回應需求的商品。

慎一好像不曉得有加壓式原子筆這種東西，收到這樣的禮物非常開心。伊都子也攤開手帕，欣喜地看著淡彩小鳥們。

「哎呀！好漂亮，謝謝你。」伊都子微笑說道：「這是我跟慎一送你的。」

伊都子送了一萬圓面額的圖書禮卷給怜，講求實用這一點，很有伊都子的作風。而且實際去買禮卷的應該是慎一，更進一步說，慎一應該沒有出錢。怜感激地收下，因為他正想買新的參考書。

說來好笑，明明還沒決定到底要不要報考大學，但怜喜歡於顧完店之後，晚上在自己房間埋頭解參考書上的問題。

附帶一提，怜也問了壽繪。

「那個就快到了，妳有什麼想要的東西嗎？」

「那個是哪個？」

「就那個啊！聖誕節。」

「啊，對吔！」壽繪停下扒早餐納豆的手，片刻後，說道：「白蘿蔔。」

「蛤？」

「我超想吃雞肉燉白蘿蔔，可是家裡沒白蘿蔔了。」

因此，怜幫伊都子和慎一挑選聖誕節禮物時，也順道去了蔬果店，買了根最粗最雄偉的白蘿蔔回家。

櫻台的聖誕樹，沒等到聖誕夜就拆掉了。是有聽說女兒節的裝飾，愈快收起來愈好；沒聽過連聖誕節當天都沒等到，就被收起來的聖誕樹。這存在意義到底是……？怜實在不解。

慎一搬來大梯子，摘下裝飾品和頂端的星星，接下來三人合力拔下假樹枝，把大量的樹枝紮起來的工作交給慎一。怜在星期天傍晚告別了櫻台的家，結果他還沒是沒有向伊都子提起畢業出路的事。

壽繪好像燉了一整鍋菜，吃不完的分成小份冷凍起來。聖誕夜的今晚，穗積家的菜色也是雞肉燉白蘿蔔吧！這與餐桌上擺著油亮烤全雞的櫻台，落差還是一樣懸殊。不過，壽繪做的菜雖然粗獷，卻相當可口，怜沒有什麼不滿。

♨　♨　♨

結業典禮也結束了，想到明天開始就是寒假，心情不禁有些亢奮。

和彷彿被不明就裡的焦慮與期待催趕的暑假不同，寒假可以沉浸在悠哉的氣氛當中，而且他不討厭冬季凍寒清澈的空氣。

怜提著輕盈的書包，把鼻子埋進圍巾裡往前走。下坡途中，他發現心平的背影，只見他略低著頭，不斷地被同樣朝車站走去的學生們超車。

怜有了非常不好的預感，他將圍巾拉得更高，盡量把面部遮起來，快步向前想超過心平。果然還是行不通，心平就像妖怪子泣爺爺*一樣撲上他的背，整個人壓將上去。

「怜，你居然想默默經過？我現在真的超危機的吔！」

怜被壓得嗆咳了一聲，揹負著重石，仍執意前進。

「我聽不到，我什麼都沒聽到！反正一定是無聊透頂的危機！」

「喂喂喂，你也太無情了吧？」心平跳下怜的背，緊緊地勾住他的肩膀一起往前走。「別囉唆了，成績單交出來！」

「你攔路打劫啊？」

「因為要是看到我的成績單，我媽會變成厲鬼啦！」

「咦，你想拿我的成績單冒充？馬上就會被抓包的啦！」

「用修正液塗掉名字，再假裝印刷字體寫上我的名字就好。放心，我很會寫印刷字體的。」

「心平，你的靈巧都用錯地方吔！」

「對啊！我體育跟美術都五級分。」心平挺胸驕傲地說，勾在怜的肩上的手臂瞬間勒緊，怜又嗆咳了一下。「不過，剩下的都不及格，得補課或是補考。」心平總算釋放了怜，狀似寒冷地拱起制服肩膀，埋怨道：「山本老師好像也放棄了，溫溫地笑說：『功課不代表一切。』。成績單上也寫『森川同學總是朝氣十足，是

＊注：子泣爺爺，是日本傳說中的妖怪，長相是老人，卻會發出嬰兒哭聲，若有人將其抱起，子泣爺爺就會變得沉重無比，把人壓死。

班上的開心果。』又不是小學成績單！不要把小孩子當成陽光小天使好嗎？」

如果真的這麼想，就稍微準備一下考試怎麼樣？也許是咆哮聲震動到鼓膜，怜的耳朵發癢了起來。

「欸，你覺得我媽也會進入山本老師那種境界嗎？就算我的成績單像進行曲一樣只有『一、二、一、二』的節奏，我媽也會說：『只要人健康就好』嗎？」

怜捏著自己的耳垂搖了搖，想起心平的母親。

「不可能吧！」

「那交出你的成績單！」

「我才不要！」

怜艱難地應付著可憐兮兮又糾纏不休的心平，不知不覺間來到了站前，看到商店街的拱頂。

拱頂天花板上垂掛著紅白色緞帶，聖誕節和新年時期，餅湯商店街都靠這批裝飾混過去。更換裝飾費工夫又花錢，好像是為了撙節經費，只是已經用過好幾個冬天的緞帶，邊緣都開花抽絲了，看了就覺得有些淒涼。至少播個聖誕歌應景也好，但背景音樂卻依舊是〈白拋拋——幼咪咪——餅湯——〉。

乘風而來的餅湯歌，讓心平似乎連哀嘆的力氣都被剝奪了。

「拜了！或許還會再見面，不過先新年快樂。」

心平無力地說完，蜷曲著背，彷彿自己揹著特大號子泣爺爺妖怪一般，朝著住宅區走去。

在餅湯町，就連沉浸在哀傷裡都是不被允許的。似乎可以看見心平的母親一個跳躍，朝兒子的腦門一掌劈下去的景象。怜忍不住同情起來，想要出聲叫住心平，邀請他到〈穗積伴手禮店〉坐坐，直到做好挨罵的心理準備。這樣應該可以讓心平轉移一下注意力，而且叫心平顧店，怜就可以去做家事，壽繪也可以休息一下，一舉數得。

沒想到他正要開口叫人時，自己卻先被人叫住了。轉向聲音的方向一看，丸山正從商店街那裡小跑步過來，他還穿著制服和牛角釦大衣，懷裡抱著寫生簿。

「小丸，怎麼了？」

「你正要回家？」

「對啊！」

「那個……我想要去素描，你可以陪我一起去嗎？」

丸山看起來顯得毛躁不安，一邊交互看著商店街，一邊向怜提議。

怜覺得有些奇怪，卻還是安慰自己：小丸本來就愛緊張。

「好啊！那我先回家放東西，跟我媽說一聲。」

「啊——！不用啦！」丸山拿素描薄當盾，用力擋住怜。「我已經跟壽繪阿姨報備過了！我們走吧！」

「這樣嗎？」

「嗯嗯！」丸山頻頻點頭。「我跟阿姨說，你會晚歸了。」

丸山的態度有些不大對勁，讓怜有些不明就裡。

「好。」怜說著，準備走進商店街。「要去哪寫生？餅湯城嗎？」

這個時間的話，穿過商店街去另一邊的海岸道路搭公車，班次比較多。沒想到，丸山繞到怜的前面，再次用素描簿用力阻擋他的去路。

「我們去夫妻岩吧！嗯，今天我想畫夫妻岩！」

「……是喔？那走吧！」

怜雖然納悶，還是跟著丸山一起前往。

〈夫妻岩〉是餅湯町為數不多的觀光景點之一，是聳立在海面上的巨岩，也是奇岩。不管怎麼說，都只是座岩石，看不了多久，頂多就是觀光客於兜風途中，在海邊停車場休息時眺望一下而已。

而且好笑的是，名為「夫妻」岩，岩石卻只有一座。據說，昭和四十年代直撲餅湯的大型颱風，掀起巨浪把相當於「妻子」的岩石打個粉碎，落入海中。本應該要改名叫〈鰥夫岩〉才符合實情，但仍有許多人對岩石的記憶停留在「夫妻」時期，因此居民們堅持繼續稱它為〈夫妻岩〉。

夫妻岩從靠近元湯町的海邊看過去，景致比較美，所以怜和丸山沒有走商店街，而是從站前廣場穿過住宅區，下坡前往海邊。

途中兩人追上揹負著子泣爺爺妖怪、一步慢似一步的心平。他居然還沒走到家，想來成績十分淒慘吧！怜感到訝異。

「心平！」怜喊道。

「咦，沒想到這麼快就重逢了！」心平回頭燦笑道：「才剛拜完早年就碰面，真是尷尬，還是害羞？」

「我們要去夫妻岩，你要去嗎？」怜不理會心平的自我意識過剩，問道。

「要要要！」心平開心地參了一咖，同時留意到丸山手上的素描簿，天真無邪地說：「啊，你要去寫生夫妻岩喔！路人畫的東西也很路人呢！」

你自我意識那麼過剩，怎麼會這麼沒神經啦！怜陷入絕望，往旁邊偷瞄一眼，擔心丸山是否受了傷。

「就是說啊！」丸山只是平靜地露出困窘的微笑。

後來才加入的心平，不知為何表現得像個領隊，引著兩人抄近路。

「走這邊、走這邊！」

幾乎就像懸崖的這片斜坡，以斜坡而言傾斜度過陡，因此設了一道混凝土窄階梯，兩側建滿了獨棟房屋。三人望著晾在屋簷下的毛巾和散步中的橘貓等，小心地往下走，很快地來到了海岸線。

正面可以看到太平洋，以及在潮水沖刷下變得黝黑潮濕的夫妻岩，浪濤有些洶湧，各處激起白色的水花。

三人經過雙線道馬路，走進路邊的停車場。停車場只有角落孤伶伶地設了間廁所，除了怜他們以外，沒有任何人。這也是當然的，這裡毫無遮蔽物，海風直撲而來，冬季實在不太推薦來觀賞夫妻岩。

不過，景致確實絕美，遼闊的大海、描繪出和緩曲線的海岸線。望向右側，海邊高樓度假公寓與飯店林立，前方則是白沙海灘；回頭望去，是餅湯神社飽滿的綠意。老鷹與烏鴉正在進行空中戰，熱鬧得幾乎要吹散灰色的烏雲。左邊被海角擋住，景觀並不開闊。再過去就是元湯町的旅館街，現在應該正在養精蓄銳，為接下來的晚餐時間做準備吧！

怜把目光拉回正面，看著大海和夫妻岩。喪妻的岩石，看起來像個彎腰駝背的老人佇立在海中，景象淒涼，確實無法否認很難留下什麼印象。

丸山匆匆走到靠海的扶手邊，打開素描簿。他站在那裡，把素描簿邊緣靠在扶手上固定好，專注地用木炭在粗糙的紙上描畫起來。

怜和心平也站到丸山兩側，隔著扶手俯視海面。

怜舔了舔被風吹乾的嘴唇，有鹹鹹的海味。

「哇噢！」心平揚聲大叫。「有情侶在那裡排排坐！」

停車場周圍有護岸工程，海邊則沒有，填滿了巨大的消波塊。這些消波塊之間或上方，等間隔坐著彼此依偎、觀看夫妻岩的情侶。是從停車場廁所後面的樓梯下去海邊的吧？

「那邊不是有一堆海蟑螂嗎？」

心平交抱起手臂搖著頭，彷彿想要說：真不敢相信！

怜也不曉得原來夫妻岩成了情侶聖地，明明只剩下一邊岩石，應該很不吉利才對，但每一對情侶都沉浸在自己的喁喁情話中。岩石管它是一個還是三個，都在誤差範圍內，要是計較這種小事，或許就沒辦法交男女朋友了。怜如此反省愛計較的自己。

「哦，原來路人是來觀察跟寫生情侶的啊！」心平自以為是地恍然大悟，點著頭說：「這麼說的話，這『寫生*』是不是有點色啊？」

「屁啦！你實在差勁透了，閉嘴啦！」畫圖時的丸山，會變得比平常更強勢。

紙面一眨眼便出現泛著微光的海面，以及聳立其上的夫妻岩的黑色身影。雖然還是一樣有些缺乏氣勢，卻也足以讓人看出他是經過長期練習，逐漸掌握了精湛的繪畫技巧。

「好像變魔術喔！」怜看著丸山動筆的手，佩服讚道。

「嗚噢噢——！」心平冷不防大吼。

「幹麼啦！吵死了。」

怜皺著眉，丸山用拿木炭的手摀住一邊耳朵，鼓膜好像真的會被震到。

心平完全不予理會，指著離停車場有些距離的消波塊鬼吼鬼叫。

「那邊！你們看那個！」

只見穿著制服的龍人和愛美一起坐在那裡。

怜想到這麼說來，這是第一次看到兩人沒有意識到旁人目光，私下獨處的場面。在學校，龍人和愛美幾乎都是快樂地聊天，手臂和肩膀貼在一塊打情罵俏。不只是學生，連老師們都發現兩人在交往，似乎抱著「唔，適可而止就好……」的心情，默認或者說撒手不管。

現下的龍人和愛美，並不曉得怜他們在看，逕自沉浸在兩人世界中，卻出乎意料地沒有膩在一起。兩人的手臂拉開差不多可以插進一根指頭的空間，一起看著冬季的大海。是一種彬彬有禮，但感覺得到親密的距離感。偶爾似乎會交談個幾句，愛美甜笑，龍人點頭。

一陣格外強勁的風吹來，愛美拱起肩膀，黑髮蓋到臉上，龍人伸出指頭溫柔地為她梳理。這時候龍人的眼神，即使遠遠地望去，也看得出其中映照出只能說是

＊注：日文「寫生」與「射精」同音，故心平如此說。

「愛情」的光芒。

怜見狀，感到一陣揪心，因為他覺得看到了再美好不過的事物。我從來沒有像龍人這樣深愛過什麼人，往後是否會出現這樣的對象，也令人存疑。這麼一想，怜也陷入了一種寂寞無依的情緒。

旁邊傳來木炭磨擦紙張的聲音，望過去一看，丸山打開新的一頁，描繪起消波塊上兩道小小的身影。

得知在丸山眼中，龍人和愛美的模樣也是高貴美好的，怜感到些許安慰。他覺得自己和丸山之間，有了一種共鳴的暖流。當然，丸山不可能知道怜的感懷，或許只是把覺得不錯的東西統統畫起來而已。

然而，心平完全是不解風情。

「欸欸欸，怜跟路人想跟怎樣的女生交往？我還是喜歡大奶妹。」

他甚至做出這種破壞氣氛的發言。的確，論大小，秋野的胸部應該算大的吧？怜還是不小心這麼想。

「胸部大不大無所謂啦！」怜由衷地說。

「少來了，怜自己還不是會忍不住偷瞄。」

的確，如果眼前有大奶在搖，或是有擠出來的乳溝，眼睛確實會不自覺地往那裡飄。那就類似仰望飄揚的鯉魚旗，或遠望群山稜線，感嘆：「真勇壯！」「好美啊！」並不會立刻就連結到「我喜歡這個人」吧？

「如果會喜歡，是喜歡那個人吧？跟胸部大小無關。」

「『我喜歡上的人，就是我喜歡的類型』，這什麼偶像發言啦！」心平抱住自己的雙臂，假惺惺地顫抖，揶揄道：「怜這種乖寶寶的地方，我不太喜歡喔！你應該對自己更誠實一點，想要什麼就老實說想要！」

怜恭敬不如從命，說出當下的願望。

「那，請你音量小一點。」

「啊，這樣喔？抱歉！」

心平乖乖地用手掌摀住嘴巴。

被心平說：「我不太喜歡你這樣。」其實不痛不癢，只是他所說的內容，怜也認為確實有理。

的確，怜從未切實地渴望想要什麼，他連自己是否有想要的東西都不清楚。怜的內心，就如同風平浪靜的海面一般，靜靜地盪漾著。雖然其中說不定隱藏著某些驚濤駭浪，只是就連自己也無法完全掌握。

怜盡量波瀾不驚、不強烈抒發感情地過著每一天。而這種態度看在忠於感性和欲望——當然主要是食欲——野獸派的心平眼裡，或許覺得他「不乾不脆」吧！

沒有加入大奶的話題，淡然地繼續寫生的丸山，大衣口袋傳來手機的鈴聲，好像是電話。

「喂。」丸山掏出手機拿到耳邊。「嗯，現在在夫妻岩……已經沒事了嗎？」

在這類對話之後，他掛了電話。

「我爸打來的，我也差不多得回去店裡幫忙了。」

如果是這樣，他怎麼會問：「已經沒事了嗎？」怜頓時感到奇怪。

「那就回去吧！」三人還是決定回家。

「謝謝你陪我，心平也是。」

「我還不想回家吔！我媽真的超可怕的。」

怜和丸山幾乎是用拖的拉走磨蹭不走的心平，一起離開停車場。

臨去之前，三人還瞄了一下扶手下面，只見龍人和愛美仍坐在消波塊上看海。兩人完全融入景色，就彷彿千年前就立在那裡的石像一般。

怜在住宅區和心平道別，在〈帕拉伊索咖啡廳〉前和丸山道別，接著一個人在商店街的魚店買了鮭魚片回家。

店內沒看到壽繪的人影。丟著店裡不顧，跑去哪裡了？

「我回來了。」怜覺得疑惑，姑且出聲招呼。

「你回來了，怎麼這麼晚？」

收銀台後面乍然冒出壽繪的笑臉，她似乎是低著頭坐在椅子上，所以店內才看起來沒人。

「妳幹麼啦？在打瞌睡嗎？」

「沒有啦！想點事情而已。」

「是喔！」

怜穿過壽繪旁邊到去二樓洗手，吃了兩顆廚房餐桌上賣剩的餅湯溫泉饅頭，由於沒吃午飯，肚子還是很餓。當他回自己房間寫參考書時，實在難以專心，雖然時間有點早，他還是決定著手準備晚飯。

煎鮭魚時準備味噌湯高湯，把電鍋裡剩下的飯挖進保鮮盒裡。洗米後放進電鍋，按下預約煮明天的飯。在放入海帶的湯鍋裡融入味噌，用平底鍋再煎了顆荷包蛋，配菜就完成了。將保鮮盒裡的白飯用微波爐稍微重新加熱，盛進飯碗裡。

這時，樓下傳來拉下鐵捲門的聲音，片刻後，壽繪上樓走進了廚房。

「已經打烊了嗎？」

「今天總覺得很累，而且想說難得聖誕夜，一起吃個晚飯也好。」

「不過，菜色很像早餐喔！」

「這也別有一番風味。」

壽繪用戰國武將般莊嚴的口吻回應，從烤爐裡取出鮭魚，放到盤子上。

這要是炸雞的話，或許還比較應景一些。怜思忖著。猛然發現自己忘記把冷凍的燉菜微波加熱了，但他真的很餓，而且嫌麻煩，便維持這樣的早餐菜色。

怜幫壽繪盛好了飯，面對面在餐桌坐下來。

「開動。」

兩人拿起筷子，享用起沒有聖誕樹、也沒有交換禮物的聖誕夜晚餐。即使難得一起吃晚飯，也沒什麼話題好聊。小時候不是這樣的，怜總會在顧店的壽繪腳邊繞來繞去，把當天在幼稚園或小學發生的事，鉅細靡遺地逐一交代。

那時候的我怎麼有那麼多話好說呢？現在不管是對壽繪還是伊都子，對話都讓怜覺得有如千斤重擔。下巴關節並沒有問題啊！難道是我進入叛逆期了？怜不由得感到懷疑。如果真是這樣，感覺就像曝露出自己的青澀，讓人有些羞恥。

平常不管怜是聽而不聞，或是只冷冷地應聲「嗯」，壽繪都照樣不屈不撓地搭話或發牢騷，今天卻似乎有些神思不屬，這也讓怜感到有些介意。可是問：「妳怎麼了？」又像在過度強調「我擔心妳喔！」讓人難為情。

怜為了扭轉總有些陰沉的餐桌氣氛，從丟在地上的書包取出成績單。

「對了，這個。」

「喔喔，我們家小怜的成績如何啊？」壽繪放下筷子，故意伸出雙手恭領成績單。「……唉，這次也一點都不有趣嘛！」

「什麼有趣？」

「就算一次也好，我也想要看著成績單，對著你說：『怜，你給我在那裡跪好！』可是你每次成績都很好。啊，美術成績只有3吔！咦，怜，你參加的是什麼社團去了？」

「……美術社啦！囉唆！」

「哇哈哈——，好好笑喔！得叫小丸教你畫畫才行。」壽繪闔上成績單，伸手將它小心翼翼地收進架上的抽屜裡。「晚點我再蓋章。也記得拿給伊都子姊看。」

「嗯。」

「你都有好好唸書，真了不起。不曉得是像到誰呢？」

看著笑咪咪的壽繪，怜發現自己是發自內心：啊，改變氣氛什麼的只是藉口，我是想要老媽稱讚我，也希望她開心。然而，同時一團黑雲也滾滾湧上心頭，讓被壽繪稱讚的喜悅，罩上了些許陰霾。

壽繪說：「不曉得是像到誰？」這單純是一種一般說法。如果這是伴隨著某些真實感受的發言，那麼壽繪感覺不像擅長唸書的料；剩下的可能性，就只有伊都子或是未曾謀面的怜的父親了。

不過，若壽繪的發言指的是前者，是否表示怜的生母是伊都子？長久以來，怜一直避免去深思自己的生母究竟是誰？卻還是會忍不住觀察起兩人的相貌或手指、指甲的形狀，無意識地尋找和自己相似的地方。說到當他發現自己正這麼做時的空虛，那真是教人難受。

實際上，他幾乎不曾發現有任何共通之處。怜關節明顯而修長的手指，和壽繪渾圓豐腴的手指，以及伊都子纖柔的手指都不同。至於長相，愈看愈覺得「人類的臉或許都是半斤八兩」，無法帶著確信斷定自己像哪一邊。

那麼，如果是後者的情況，那就是怜比較像父親了。但這對怜來說，是令他厭惡到甚至作嘔的狀態。他不知道父親有什麼樣的苦衷，甚至連他是生是死都不知道。從壽繪和伊都子絕口不提怜的父親這一點來推測，怜認為幾乎可以確定，自己的父親絕對不是什麼像樣的東西。這個男人從來沒有來找過怜，也沒有向壽繪或伊都子提供某些經濟援助，對他們母子完全是不聞不問。如果壽繪覺得他像那種男人，怜實在無法接受，也深受打擊。

然而，他沒辦法問壽繪：「妳說像，那是像誰？」一方面是因為他很害怕知道真相。對怜來說，壽繪是他唯一，不，唯二這部分是有點複雜；總之，是他的母親之一，而且是一起生活起居、完全熟悉彼此個性的家人，不好現在再追究這類深入的事。

這就類似有時可以向電車裡相鄰而坐的陌生人傾訴身世，對於彷彿用了好幾年舊毛巾般再熟悉不過的家人，卻忍不住會虛張聲勢，或懶得費心溝通。

「今天難得提早打烊，一起去泡個溫泉吧？」

壽繪提議道，似乎沒發現自己的話給怜帶來了衝擊和疑念。

商店街快到中央處，有家公共澡堂〈餅之湯〉，引的是溫泉水，居民可以用一次一百圓的價格去泡澡。雖然設施比傳統澡堂更小巧，泉質卻十分良好，很受歡迎，像龍人就經常在社團活動結束後跑去泡澡。

怜則喜歡在自家泡澡，因為比較自在。但看著充滿期待地等他回應的壽繪，想起她剛才消沉的模樣讓人憂慮。

「好啊！」怜裝彆扭地同意。

怜和壽繪抱著洗臉盆，並肩走過餅湯歌播放的夜晚商店街。沒有半點聖誕節的氣氛，怜並不感到不滿，壽繪應該也是。

不過他想到，這麼說來沒能開口提到畢業出路的事。都看到高二兒子的成績單，壽繪卻沒問他是要考大學還是找工作，或許她根本沒有「畢業出路」這個概念。與其說是相信怜，交給他自己決定，感覺「根本沒想到」的可能性更高。

母子吁出來的兩道白色呼吸，在沒什麼行人的商店街流散而過。

♨ ♨ ♨

大年初一，商店街的商家幾乎都公休。

早上怜去到廚房，發現壽繪正往塑膠套盒中，擠出包裝袋裡的栗金團和黑豆這些年菜。把魚糕切片排進套盒的空位裡，全靠現成市售品，也完成了一份有模有樣的年菜。雞肉燉白蘿蔔依舊在冷凍庫裡，裝進大碗公後，放進微波爐加熱。

「來，開動吧！」

「雜煮呢？」

「……忘記了！」壽繪擺出孟克的畫作《吶喊》般的姿勢。

昨晚來到餅湯的飯店和旅館過年的觀光客，跨年拜完神社後，也順便來逛商店街。而〈穗積伴手禮店〉也託此之福，算是忙到很晚。偷工減料的年菜一如往年，怜和壽繪都沒工夫去想到雜煮。

「也忘記買青海苔了！」壽繪翻找食材櫃哀號著。

餅湯地方的雜煮，基本上是關東風格的高湯，料有白蘿蔔、紅蘿蔔、雞肉和小松菜等。年糕雖是方塊狀，卻不會先烤過，而是直接放進湯裡煮到黏稠，再灑上大量的青海苔和柴魚片。青海苔也不是粉狀，是使用海藻風味更濃郁的絲狀。

「不用青海苔，拿平常的燒海苔就好了。」怜安慰壽繪，建議道：「高湯我來弄，現在先把年糕放進晚飯剩下的味噌湯將就吃吧！」

「咦，這樣根本就只是加了年糕的味噌湯，不是雜煮！而且料只有豆腐！」

「少埋怨了！我很餓了吔！」

如此這般，繼聖誕節之後，又是一頓不怎麼有年味的菜色。兩人彼此道喜：

「恭賀新年！」之後，開始享用新的一年的第一餐。

壽繪從餐桌對面掏出圍裙口袋裡的紅包袋，直接遞了過來。

「來，紅包給你。」

「咦？不用了啦！」怜推辭。

「嗳，收下就是了。」

壽繪就像親戚大嬸般，用力把紅包袋往怜的胸口推。

怜道謝收下，不著痕跡地看了一下裡面。

「一千圓……」

「少抱怨。」

「我只是描述事實。」

用完早飯後，怜拚命切白蘿蔔和紅蘿蔔，做了雜煮。壽繪喝著發泡酒，在一旁監督指導。即使她試了高湯味道，也只能做出非常抽象的指示。

「唔——，醬油再一些，味醂再一些些。」

「一些跟一些些是有什麼差啦？」

「你真的很愛斤斤計較吔！」

壽繪扭腰把怜推到旁邊去，兩手拿起醬油和味醂的瓶子，示範給他看。

「像這樣！」

雖然她的做法粗枝大葉到不行，味道確實突顯了出來，變得美味許多，讓怜實在難以釋然。

午飯和晚飯吃雜煮和年菜，其餘就是廢上一整天，〈穗積伴手禮店〉的新年一眨眼就過去了。初二開始，在餅湯過完年的觀光客便開始踏上歸途，因此正常營業。

「你不去神社拜拜嗎？」返回各自的臥室前，壽繪問道。

「等人少一點再去。」

反正初三餅湯神社應該還是人擠人。

「記得把舊的護符還回去，求新的回來。」

每年壽繪都會把感覺毫不靈驗的〈生意興隆〉護符，貼在收銀台旁邊的牆上。

基本上，她都以顧店為優先，已經好幾年過年沒去神社拜拜了。她認為有時間拜神，倒不如工作；若是有護符，就當成ＯＫ繃一樣貼起來。十足現實主義又粗枝大葉的壽繪作風。

「好，晚安。」

「那個，怜，明天跟伊都子姊……」壽繪說到一半，驀然頓了半晌，接著四平八穩地說：「替我跟她問聲好。」

她顯然似乎有其他的話想說，只是怜還沒來得及追問，她便說了聲「晚安。」就關上臥室一紙門。

初二去櫻台的家拜年，是長年來的習慣了。

天氣晴朗，更顯得酷寒難耐，但走上坡道，望著飛機雲斜斜地劃過藍天，便感受到符合新春的清爽心情。

櫻台的家的門柱，今年也擺上了跟怜差不多高的巨大門松。聖誕樹固然也很驚人，這麼巨大的門松，也只會在百貨公司大門看到吧？怜看得張口結舌。

積極參與一年四季各種節慶活動，且歡迎怜的到來，伊都子和慎一的心意令人感激。只不過，該怎麼說呢……有些過了頭。他們實在太拚了，搞得他很像才藝發表會的舞台上，突然被專業演技派影星亂入，而晾在一旁的小學生，整個人不知所措。一言以蔽之，怜有些招架不住。

當然，新年的餐桌也十分澎湃。套盒是五層的漆器，蓋子縫間跑出伊勢龍蝦的鬍鬚，黑豆飽滿光澤，還有色彩鮮艷的法式凍派和皮蛋等，裝滿了西式日式中式各種料理。他希望皮蛋不會是自製的，但想到慎一為了這桌年菜而花費的時間和心力，幾乎要暈眩起來了。直到第五層，可能實在是想不到要裝什麼，塞滿了炸雞塊和炸帆立貝，看到這些，怜總算鬆了一口氣。

彼此恭賀新喜後，開始享用午餐。可能是因為慎一和伊都子都不是餅湯當地人，雜煮是清高湯，裡面的年糕是烤過的，也沒有放青海苔和柴魚花。

怜感到有些不滿足，連忙規勸自己。眼前有超過一個的人事物，就會忍不住拿來比較，估算之間的差距，這樣的心性究竟是怎麼回事？明明櫻台的伊都子和商店街的壽繪，是無法互相比較的獨立個體。

伊都子不會給怜紅包或零用錢。這是因為她看透了汲汲於不去比較的怜的器量之小、或反映了她不願用金錢博取偶爾見面的兒子歡心的潔癖、又或者她身為公司繼承人，受到「自己的錢自己賺」的帝王學教育成長？理由不明。

伊都子會給怜的禮物，就只有怜的生日和聖誕節收到的一萬圓圖書禮卷，怜覺得這已經太多了。當然，今年也一樣。

「那，第三個星期我再過來。」喝完飯後的茶水的怜，準備告辭。

「等一下，你的成績單呢？」伊都子叫住了他。

怜正忙著將閃亮亮的年菜從套盒裡搬運到胃袋裡，完全忘了這件事，連忙從環保袋裡取出成績單。他打算回程在商店街採買食材，所以帶了環保袋出門。

伊都子看了看成績單，說了和壽繪類似的感想。

「有個模範生兒子，真是有點沒勁呢！」

到底是要我怎樣啦？我應該蹲在超商前面哈菸嗎？這種典型到不行的不良少年，這年頭根本找不到了吧？怜內心埋怨道。他默默地眨了眨眼，因為伊都子指甲上的水鑽反射著窗外的陽光，相當刺眼。

「欸，慎一你覺得呢？」

「我覺得很厲害吔！」客氣地從一旁看成績單的慎一，對著怜點頭說道：「我記得我以前除了家政和保健體育以外，全部都不及格。」

「那你是怎麼從高中畢業的啦？」

「呃，所以我高中輟學啊！」

「咦，是這樣嗎？」

怜聽著伊都子和慎一的對話，愣怔地心想：慎一哥說了跟心平一樣的話。話說回來，這兩個人真的是男女朋友嗎？

驀然間，兩人的矛頭轉向了他。

「那，你畢業以後有什麼打算？已經冬天了，你有決定了嗎？」

終於被問到怜認知中「像母親的問題」了。對嘛！一般都會關心啊！老媽的悠哉真是個謎。不過，實際被這麼一問，卻難以回答。

「導師建議我上大學。確實，我是不討厭唸書……」怜撫弄著喝光的茶杯。

「咦！」慎一驚叫了一聲。「抱歉，我沒想到有人喜歡唸書，嚇了一跳。請繼續、請繼續。」

「我覺得去考一下或許也好，可是……」

「怎麼樣？這麼拐彎抹角的，難道你是在煩惱學費？學費我會替你出。」

伊都子輕鬆地打了包票。

「可以嗎!?」

「哪有什麼可以不可以的，小孩想要升學，大部分的父母當然會盡量提供經濟支援吧？」

「可是那個……我大概不適合經營家庭餐廳那些……」

「我想也是。」伊都子乾脆地點了點頭，隔了幾拍後，驚覺地說：「難道你以為我會逼你繼承公司？我當然會任用適合的人才，免得公司倒閉啊！」

怜感到心臟開始猛跳，心跳聲幾乎刺耳。伊都子似乎認為「讓怜接任公司，意味著公司倒閉」，這讓他有點疙瘩，心想：哪會啦！

不過，怜還是覺得很開心，如果不必擔心學費問題，他就可以認真思考要在大學唸什麼了。想到這裡，發現其實自己還是想要繼續升學。過去因為升學的經費來源沒有把握，又顧慮到兩個母親，一直強迫不去思考想讀哪一所大學、哪一個科系。因為不希望真的沒辦法升大學時，大失所望。

就算要考大學，能不能考上又是另一個問題，但確實看見了一線曙光。

「謝謝妳。」怜放下茶杯低頭行禮。

「哎唷，道什麼謝啦！」伊都子顯得有些尷尬。「不過，你也要好好跟壽繪談一談，就我們兩個擅自決定不太好。」

「咦！」怜忍不住驚呼。

「你驚訝個什麼勁？」

「呃，媽跟老媽完全沒有交流，我一直以為妳們感情不好。」

「也不是成天見面感情就會好啊！」伊都子忍不住笑道：「對嘛！你這孩子很老成，害我經常不小心就忘了，你其實還是個高中生。除了每天在學校遇到的朋友以外，並不曉得還有各種人際關係，也是理所當然的。」

「……媽跟老媽是朋友嗎？」

「我覺得跟朋友也不太一樣。」

那到底是什麼？慎一也是，對怜來說，伊都子的人際關係全是謎團。

「老媽好像對我的畢業出路完全不關心。」

「是嗎？無論如何，你還是要好好跟她談一談。」

伊都子把成績單還給了怜，他看了一下裡面，發現還沒有蓋章。他覺得不是壽繪忘記了，而是顧慮到伊都子，要等她看過之後再蓋。

慎一送怜到大門。

「怜，太好了！」慎一遞出裝了炸雞和炸帆立貝的保鮮盒，輕笑著說：「這個給你帶回家吃，當然，這裡也是你的家。」

怜感激地收下，放進環保袋裡。

伊都子好像休息到隔天。只是想到在大得要命的空間裡，只有兩個人吃著那桌澎湃的年菜，怜覺得這也像是某種地獄，不由得難受了起來。

然而，怜還是決定要回去熟悉的商店街的家，走下坡道的腳步很輕盈。不過，雀躍的心情，也在穿過站前廣場，即將進入拱頂商店街時消失了。

商店街入口〈餅湯商店街〉的巨大招牌底下，站著一名年約四十出頭的男子。前來搶購新年特賣的行人來來往往，怜的目光卻不知為何被那名男子吸引過去。男子穿著黑色長大衣，唇角叼著沒點火的香菸。

心臟猛地跳了一下，緊接著聽到一連串回宮時那種咚咚咚的擂鼓聲，是自己加速的悸動。陡然間，察覺到視野縮小，呼吸困難，不禁害怕了起來。我是不是要死掉了？充斥整個窄縮視野的男子身影，那張臉不僅沒有糊掉，反而異樣地鮮明。看來血液幾乎全湧入了視神經，任意調高解析度，並啟動了放大功能。

拚命觀察壽繪和伊都子的長相、手指和指甲形狀的我，真是個白痴。一眼就看出來了……很像，那個人就是我的父親！

就在這瞬間，男子的視線也精確地捕捉到怜。從視神經搶回了一些血液的怜，大腦似乎總算發揮了作用，拉響警報：不妙！

怜盡量裝出泰然鎮定的樣子，其實全身僵硬到不行地右轉，一心一意只想離開現場，準備跨出步子時，背後卻傳來叫喊聲。

「怜！你是怜吧！」

明明是第一次聽到的聲音，怜卻直覺男子是在叫他。並不是從狀況反射性地如此判斷，而是就連那聲音都和自己是如此地相似，像到令人毛骨悚然。

五

擂鼓般在耳中深處鳴響的心跳聲，不知不覺間消失了。難道我已經死掉了？怜揣想。不只是體內，站前廣場也變得異樣寂靜。天空還是一樣蔚藍，人們帶著笑容熙來攘往，卻毫無真實感，讓人覺得死後的世界或許就是這個模樣。

怜害怕了起來，想要逃離這片死寂，只能求助於叫喊他名字的男子，反射性地就要回頭，陡然間，有人從旁邊用力搭住了他的肩膀。

「嗨，小——丸——！」

還以為是誰，原來是龍人。

站在旁邊的龍人使勁地勾住怜，順勢調整了怜身體的角度，讓他再次背對黑大衣男子。

「原來你在這裡啊！你爸在找你，叫你回家顧店啦！」龍人刻意大聲說道。

瞬間，廣場的喧囂回來了，血流也正常地循環到指尖。伶放心地喘過一口氣，卻擔心起龍人的腦袋，斜睨著強而有力地把他從無聲世界拉回來的朋友側臉。

我又不是小丸，而且龍人明明平常都用路人這種沒禮貌到家的綽號叫小丸，到底是怎麼了？是說，你勾得未免太大力了，肩膀的骨頭都要被壓碎了啦！還有，我這輩子第一次碰到疑似父親的人物，你可以不要來亂嗎？

對，沒錯！叫喚我的那個人到底是不是我父親？伶實在很好奇那名男子，想要回頭再看一眼，卻被龍人箍得更緊，不由得呻吟出聲：「咕噫！」

「不要看！過來！」龍人壓低嗓音說完，便半勒著伶的脖子往前走。

兩人和男子保持最大限的距離，穿過站前廣場，最後變成用跑的衝進〈帕拉伊索咖啡廳〉，由於衝得太猛，門鐘抗議地響起。

總算解除擒拿術的龍人，接著扯住伶的手腕快步穿過店內，甚至不給他時間撫摸一下發痛的脖子和肩膀。櫃台內的丸爸下巴朝樓梯一努，是通往二樓住家區域的階梯；而站在外場的丸媽用銀色圓托盤遮著臉，從門上的玻璃窺看廣場。

到底是怎麼了？怜一頭霧水，沒來得及發問，就被龍人拖上狹窄的階梯。

二樓處，丸山正打開自己房間的門在等他們。

「快進來。」丸山招手催促道。

丸山的房間是木質地板，面積大概三坪左右，家具很簡單，只有床鋪、書架和書桌。能反映出丸山個性的物品，就僅有牆上掛著一條沾滿顏料的圍裙。

怜和龍人一走進房間後，丸山便緊緊地關上門，三步跑到書桌窗邊，悄悄掀開面向廣場的窗戶蕾絲窗簾，從縫間俯瞰外面。一反他平時溫和的氣質，舉止宛如特務還是狙擊手。

「如何？」龍人問。

「沒事，好像走掉了。」丸山吁了一口氣。

「到底是怎麼了？」怜總算可以將積壓許久的疑問脫口而出。「太莫名其妙了，給我解釋清楚。」

丸山和龍人對望之後，放棄掙扎地點點頭。

「我們知道的也不多……我先去沖個咖啡，你們隨便坐。」

就算丸山這麼說，室內也只有一把書桌前的椅子。

怜覺得有高低差也不太好，便在地上盤腿而坐。

龍人作勢要一屁股跳上丸山的床，怜連忙抓住他的毛衣下襬制止。

「幹麼啦？」

「哪有人隨便爬上別人床鋪的？」

「咦——，你怎麼這麼囉唆，路人才不會介意這種事。」

「你是怎麼看人的？小丸很纖細的，我覺得他是會特別在意這種事的人。」

「會嗎？」龍人歪著頭，坐到地上，背靠在床的側面。

「你剛才怎麼叫我『小丸』？」怜仔細地觀察對面的龍人。

「咦？有嗎？」龍人假惺惺地別開目光。「不小心叫錯而已吧！」

「就算叫錯，你明明都叫小丸『路人』。」

「計較這麼多幹麼！你簡直就像懷疑我花心的愛美。」

看著困窘地垂下眉毛的龍人，怜感到有些傻眼。

「你們那樣公然放閃閃瞎旁邊的人，你居然花心！？」

「我沒有啦！是愛美自己接收到莫名其妙的電波，單方面指責我。」

「什麼啦！又放閃。」

「不是啦！她是個大醋桶，這點真的很讓人沒轍。先不管這個，我不曉得可以跟你透露多少，所以不要問我，等路人來再說。」

「嗯。」

頓時，沉默降臨兩人之間，雖然感覺得到彼此都希望丸山快點回來，不過丸山似乎特別鄭重地在沖咖啡。怜覺得這種關鍵時刻，裝個有顏色的熱水就夠了，但丸山的個性就是凡事都認真面對，實在沒辦法。

怜很在意黑大衣男子的真實身分，還有男子後來怎麼了，也想知道龍人他們掌握了多少，因此整個人坐立難安。

總算聽到上樓腳步聲，怜迅速起身開門。丸山端著托盤，上面擺著人數份的咖啡杯，端莊地走了進來。

事到臨頭，卻不知該如何開口，三人情緒緊張地圍坐在地上，暫時先品嚐芳香圓潤的咖啡。托盤上也準備了牛奶和砂糖，但龍人和丸山都沒有加，怜也虛榮地小口啜著黑咖啡。

怜覺得成熟男子就應該要品嚐黑咖啡，而且現在是準備談要事的場面，不是用牛奶這種小牛喝的玩意兒掩蓋苦味的時候。

半晌後，怜認定只能單刀直入了，把只喝了一點的咖啡杯放回碟子上。

「所以呢？剛才叫我的人是我父親吧？」

「你發現了？」

丸山侷促地揉捏著手中杯子，那動作幾乎像要把咖啡杯捏回陶土，再重新塑成咖啡杯一樣。他不燙嗎？是練過鐵砂掌嗎？杯子不會被他捏爆，咖啡整個灑出來嗎？怜操心個沒完。

「當然會發現啊！」龍人嘆氣道：「我也是第一次看到，真是像得可怕。」

怜也是，看到那名男子、聽到他的聲音，瞬間就悟出他是自己的生父。

只不過，被龍人和丸山當面肯定那就是自己的父親，還說「像得可怕」，總覺得大受打擊。對怜來說，父親一直形同不存在的生物，他甚至懷疑自己是壽繪或伊都子單性生殖出來的。現在就好像被人說長得很像某個幽靈一樣，感覺詭異極了。

同時奇妙的是，缺席的父親由於長年不存在，一直沉沉地壓在怜的心上。為何父親不來找自己的兒子？為什麼把一切都丟給壽繪和伊都子？簡單的說，我就是被父親拋棄了嗎？

一想到這裡，比起哀傷，更多的憤怒湧上心頭。無數個夜晚，他把臉埋進枕頭裡，壓抑吶喊的衝動。

有多少次壓抑吶喊，就有多少次在夢裡殺死父親。他用石頭毆打父親，直到他渾身是血，或騎在父親身上掐住他的脖子；或是不知不覺間，在陌生的山中挖掘潮濕的泥土準備埋屍。因為不曾見過，父親的相貌總是一片黑影，但怜知道自己殺的是父親。他總是全身充斥著冰冷的憎恨，親手了結父親，俯視著屍體。

從夢中驚醒後，怜總會觀察隔壁房間壽繪的動靜，因為他擔心自己是不是在睡夢中大叫，或說了什麼可怕的夢話。然而，壽繪沒有被吵醒的樣子，只有吊在拱頂上的假葉子在窗外沙沙作響，也從來沒有在隔天早上被問起：「你昨天晚上呻吟得好厲害，是怎麼了？」

壽繪是假裝沒發現，還是真的完全沒察覺？怜難以判斷。在櫻台的家，就算他做了惡夢大吼大叫，也因為屋子實在太大，加上門牆厚實，應該不會被伊都子或慎一聽見。

怜無法向任何人告解自己的夢境，也無法詢問父親的事，這令他痛苦萬分。缺席的人因為缺席，存在感變得比真實存在的人還要強烈，在怜的心中不斷地膨漲，完全就像個幽魂。

現在，活生生的父親終於現身在眼前。雖然被龍人阻礙，沒能看得太仔細，但看起來是個隨處可見的中年男子，有點不太正派，感覺不是正經上班族。

總之，就像發現杯中的蛇影其實是弓一樣，回想著男子的身影，竟一點恐懼或憎惡都沒有，令人感到落空，驚訝與期待再次讓他心跳加速起來。

沒錯，這是個機會。怜決定先把震驚擱置一旁，因為讓他念茲在茲的一切真相的機會終於到來了。父親到底是個怎樣的人？為何在他的生命中不斷地缺席？最重要的是，生下他的到底是誰？和父親是什麼關係？

「你剛才叫我『小丸』，是為了對那個人掩飾我就是他兒子，對吧？」

怜再次追問龍人，他用力瞪視著龍人，這回絕不讓他閃躲。

結龍人朝丸山瞄了一眼，看到丸山點頭說：「說吧！」

「沒錯。」龍人爽快地回答。「因為如果叫你『路人』，會被他認為可能是你的中間名。」

「才不會好嗎？」

「你怎麼敢斷定？我可是滴水不漏、務求萬全好嗎？」龍人一臉不滿地說道：「如果我叫『小丸』，他應該就會想：啊！我以為那個男生是怜，可是怜這個名字完全沒有綽號叫小丸的要素，那應該是別人。然後就放棄追上來。」

「會嗎？也有可能從怜的『Rei』這個發音，聯想到同音的『零』，『〇＝圓＝小丸』啊！」

「你才沒有能想出這種九彎十八拐綽號的朋友！」龍人粗暴地封鎖怜的臆度。

可是，那個男人又不曉得我的朋友都是些什麼水準……。怜內心反駁道。

「你這種愛鑽牛角尖的個性，真的很不好！」龍人落井下石地說。

「對不起。」

怜反射性地道歉，頓了一下，接著生起氣來。不對啊！邏輯有問題的還是龍人吧？至於丸山，也沒有幫忙打圓場，繼續搓揉著手中的杯子。

「就算是看體型，也不可能叫小丸這種綽號啦！」龍人繼續說：「因為怜是火柴棒嘛！」

「要你管！我才不是火柴棒，是中等身材。」怜不悅地抗議道。

「是是是！」龍人十分敷衍地帶過。

一想到他那種態度是在棒球隊狂練猛操出來的老神在在，怜更加火大了。

「總之，你應該稱讚我臨機應變的機智。」

龍人完全沒察覺怜內心的怨懟，喝光了咖啡。

「有什麼必要發揮這種機智？那種場面，應該要支持我們父子感動的相會吧？我不能見那個人嗎？」

「詳細情形我們也不清楚。」丸山總算怯怯地插口道：「不過，最好不要讓你見到那個人，是餅湯商店街的全體共識。」

「等等等等一下！全體共識!?」怜往前栽倒，膝蓋差點撞翻了咖啡杯，他連忙按住杯子，情緒略激動地說：「他不是我爸嗎？憑什麼商店街可以任意決定我能不能見他？」

「就是喏，〈餅湯商店街危機管理小組〉……」龍人說著，遞出手機螢幕。通訊軟體上確實組成了一個叫這個名稱的群組，而且就在怜狐疑地望向螢幕的同時，也叮咚叮咚冒出了約五個新訊息，內容是『十五號，猶豫之後似乎朝車站走去。』『確認十五號進入驗票口。』

他看出黑大衣男子似乎被暱稱為「十五號」。什麼十五號啦！又不是颱風＊！

怜混亂的腦袋一隅勉強如此吐槽。

而且怜想問的不是商店街如何決定，而是為什麼商店街可以任意決定。

「商店街幾乎每一間店和他們的家人都加入了。」龍人得意地挺胸說道：「是百人規模的群組喔！」

「我怎麼沒被邀請加入？」怜無力地埋怨道。

「那當然，因為這是暗中守護怜跟壽繪阿姨的群組啊！」

「所以說，我從剛才就一直在問這個問題！商店街幹麼干涉別人的家務事！」

「嗳嗳嗳，你先冷靜。」坐在旁邊的丸山輕碰怜的肩膀。「其實，年底那個人也來過餅湯。」

「咦！」怜全然不知情，頓時覺得口渴，不顧苦澀，一口氣灌下涼掉的咖啡。

「抱歉沒跟你說。」丸山一臉歉疚道：「可是大家覺得害你煩惱也不好，所以

＊注：日本的颱風是以編號來命名。

這件事暫時就讓商店街全體來應付……」

哇，鄉親深厚的人情味真是感人肺腑！現代兒童的怜不可能這麼想，而是內心流淚地暗罵：這麼重要的事，好好跟當事人報告商量一下好嗎？

「什麼時候？」

「嗯？」

「他什麼時候來的？」

「哦！聖誕夜那天。你們家隔壁賣鞋子的大嬸打電話到我家說：『那個男人出現在穗積家了。』所以我被我爸派去把你帶去夫妻岩，讓你先不要回家。」

那個時候總覺得小丸有些躁動不安，原來是這麼回事嗎？怜總算理解箇中緣由了，同時他對想起壽繪那天似乎也有些消沉，神思恍惚。

丸山這番發言的全貌，總算滲透到怜的腦中。

「咦咦——！」怜猛然大叫：「也就是說，他跟我媽碰面了嗎!?」

雖然不知道男子去〈穗積伴手禮店〉的目的是什麼，但從壽繪的反應，以及整個商店街聯手徹底排除這個人的態度來看，這極有可能是令人不樂見的事。

我不能繼續待在這裡了。就算商店街幫忙布下天羅地網監視，也不可能攔得住颱風。他會不會鑽過監視的漏洞，今天也跑去找壽繪？不，或許已經見過了！總之，我得保護老媽才行。這樣的想法驅使怜站了起來。

「沒事啦！坐下。」丸山拉扯怜的褲角。

「聖誕夜跟這次，我爸都立刻去〈穗積伴手禮店〉護衛壽繪阿姨了。」龍人點頭說道：「你放心！」

怜稍微恢復了冷靜，認為應該先確實掌握狀況才行，儘管百般不願，還是再次坐了下來。

據龍人和丸山輪流述說的內容，直到今天為止的經緯是這樣的——

聖誕夜那天，鞋店的大嬸聽到〈穗積伴手禮店〉傳來爭吵聲，不由得擔心起來，跑去隔壁查看狀況。也許是溫泉舒緩了人們的身心，或是餅湯歌連邪念都能融化，彌漫著悠哉氛圍的餅湯，從古至今都是個治安良好的地方。但看到壽繪一個女人家顧店，有醉客等等趁著買東西時騷擾良家婦女，也不是不曾發生過的事。

這樣光天化日的，應該也不會有醉到神智不清的觀光客。不過，大嬸為了保險起見，還是決定在門口叫人看看。沒想到，瞧見壽繪正和一名男子在櫃台旁邊對峙。大嬸隨即「哎呀！」一聲，把頭縮了回去。

「小怜已經高二了，所以也差不多十七、八年沒看過那傢伙了。」打電話給丸爸的大嬸，語氣激動地說：「可是我一眼就認出來，就是那傢伙沒錯！」

大嬸打電話給丸爸之前，精明地先去電向〈佐藤乾貨店〉求援了。龍人的父親把同樣在商店街出生長大的壽繪當成自己的妹妹一樣疼愛，心想：事情大條了！火速趕了過去。也因此大嬸才暫時放下心來，也通知了丸爸。

「佐藤那孩子，手裡抓著凍得硬梆梆的劍尖槍烏賊殺過來呢！他揮舞著那烏賊，凶巴巴地大吼：『現在才來做什麼！滾出去！』把人給趕跑了。只是萬一他還在附近亂晃就糟了，我覺得小怜最好暫時不要回家。」

丸爸瞭解了狀況，派出剛好回家準備幫忙顧店的兒子，讓怜暫時遠離商店街。因此丸山才會抱著素描薄，在商店街入口附近繞來繞去，巧妙地把遇到的怜引誘到夫妻岩去。

就在當天，通訊軟體上組成了〈餅湯商店街危機管理群組〉，眾人開始張大眼睛監視，不讓黑大衣男子靠近壽繪和怜。

龍人從夫妻岩約會回來，正意氣風發地準備跨過〈佐藤乾貨店〉門檻時，被父親咆哮大怒。

「你該不會又跑去跟女生打情罵俏吧？明明不是搞那種事的時候！」

接著，他也加入了監視網。

「順帶一提，解凍的烏賊根本沒辦法賣，最近變成晚餐配菜。聖誕夜的菜色是烤全烏賊吔！是不是很那個？」

這是龍人的說法。

「抱歉給大家添麻煩了。」怜一臉歉意地說：「其實我們家也是，聖誕夜的主菜是烤鮭魚，根本是早餐菜色。」

「把烤烏賊當成烤全雞就好了嘛！」丸山安慰道。

因為這樣，今天商店街的成員也一邊工作，一邊留意行人。結果丸媽從店裡的玻璃門內發現走出車站的男子，登時拉起警報，進入戰備狀態。

畢竟從聖誕夜以來，︹危機管理群組︺已將近十天「無異狀」，沒有任何值得報告的狀況。每個人都很無聊，也都開始鬆懈下來。因此當丸媽一告急，群組便炸了開來。

『終於現身了！』

『十五號來襲！十五號來襲！』

『全員進入最高警戒！』

『乾貨，立刻趕往穗積！』

『瞭解！然後不要叫我乾貨！』

訊息宛如洪水潰堤，「叮咚叮咚」響個不停。不，因為訊息接連不斷地從各方傳來，鈴聲都變成一串「金金金金金」了。

「我還是第一次聽到吔！原來會變成那種聲音。」丸山對伶吐露感想。

就在這當中，十五號……不，黑大衣男子背對商店街入口，在可以眺望站前廣場的地點站定。篤定他是要去〈穗積伴手禮店〉的丸山一家人大為落空，當然資訊即時同步的〔危機管理群組〕成員也是一樣。

「是不是被佐藤兄的氣勢嚇到了？」丸爸如此分析。「十五號應該是認為去『穗積』會有麻煩。可是看他一副在等人的樣子，真教人在意。」

「壽繪和伶現在都在家裡嗎？」丸媽滿臉不安地直盯著馬路。「萬一他們有哪一個在外面，與他碰上的話……」

聽到這話，丸山赫然想起：每年初二伶應該都會去櫻台拜年。

「那他很有可能會遇到回來的伶。」丸爸抱起手臂猜測道。

「天哪！不得了，該怎麼辦？」丸媽抱著托盤，在外場走來走去。

這段期間，店內零星的客人都被晾在一邊沒人招呼，但還是老樣子，都是些閒閒沒事來打發時間的當地居民，因此沒人抗議。其中也有人是〔危機管理群組〕的成員，跟著緊張萬分地關注發展。

「如果伶來了，我會想辦法把他帶來店裡。」龍人自告奮勇。

其實龍人從剛才就在〈帕拉伊索咖啡廳〉裡閒坐，因為待在家裡也只會跟父親吵架。他本來想出去逍遙，不巧愛美忙著幫忙家裡的旅館，蹓躂晃過去的〈穗積伴手禮店〉又只有壽繪一個人在看店。

「怜去櫻台了，不過應該很快就回來了。」壽繪說。

壽繪給了龍人一顆餅湯溫泉饅頭當壓歲錢，他走著走著，一口就嗑掉了。接著他心想：那去路人家白喝點什麼好了。於是，一人來到了咖啡廳。

聽到這話，怜好想抱住頭。在老媽眼裡，饅頭就像貨幣嗎？超丟臉的，真希望她不要再這樣了。

龍人難得安靜地坐在〈帕拉伊索咖啡廳〉的邊角座位，因此直到他自告奮勇去搭救怜之前，丸山一家人和店內客人都忘了他的存在。

至於為何龍人會安安靜靜，理由很簡單，他早上和中午各吃了一碗放了五塊年糕的雜煮加上年菜，然後甜味饅頭成了最後一根稻草，讓他抵擋不了睡魔，正在享受舒適的午睡。

感受到緊迫的氣息，從午睡中醒來的龍人，立刻就有了上場表現的機會。

「來了、來了，怜回來了！」

躲在觀葉植物後方，如游擊隊般只露出眼睛監視著窗外的丸媽輕聲喊道。

已經沒空討論作戰細節了。

「龍人，交給你了！不要讓十五號發現怜就是怜，把人帶來這裡避難！」

「包在我身上！」接到丸爸指示，龍人喊了一聲，便衝出店裡。

「萬一十五號追到店裡來就糟了。」丸爸緊接著也對兒子下達指令。「和樹，你在房間等著，他們兩個回來，就把他們藏到你房間。」

「好！」

丸山匆匆跑上樓梯，從自己房間的窗戶，關注廣場救援的作戰發展。

「接下來的事，就是你遇到的那樣。」說完來龍去脈，丸山用咖啡潤了潤喉，就要站起來。「我去拿續杯。」

「不，沒關係。小丸，你坐。」怜整理著腦中思緒回應。

怜清楚商店街的人是想要保護壽繪和他，卻還是無法認為鄉親的人情味真是感人肺腑；反而禁不住顫抖地暗忖道：太可怕了，〈危機管理群組〉！我根本被監視得密不通風！

在丸山和龍人說明的過程中，充滿了「作戰」、「指令」等用語，比起颱風資訊，更像是戰事報導，而這也令人膽寒。

總的來說，看得出商店街的居民，因黑大衣男子的出現而興奮緊張，從中享受到一點非日常感。大家是在拿別人家的家務事尋樂子吧……！這讓怜感到有些虛脫。一切都是因為餅湯町不會發生任何像樣的事件或插曲，他好恨這裡被溫泉泡爛的悠閒氛圍。

「各位的好意，我很感激。」怜像是笨拙的英文口譯，或是哪來的國王發言。

「可是，有很多地方讓人不解。我父親是那麼壞的人，壞到我最好不要跟他見面嗎？他是做了什麼十惡不赦的事？殺人，還是動不動就訴諸暴力，或是對店員高高在上還對找錢斤斤計較嗎？」

「後半只是討厭的奧客吧！」龍人噴笑道。

「這部分我們真的什麼都不知道。」丸山一臉抱歉地回應：「從年紀來看，龍人的爸媽和我爸媽他們，應該都親眼見聞過十五號是個怎樣的人？發生過什麼事？不過，他們完全不肯告訴我們。」

「〈危機管理群組〉的方針，是暗中保護我們，對吧？那為什麼現在又願意告訴我了呢？」

「或許聽起來像藉口，但我跟龍人從一開始就覺得，最好跟你還有壽繪阿姨好好說明狀況。」

丸山一邊解釋，一邊望向龍人。

龍人也點點頭，就像在說「沒錯」。

「我們不曉得他來餅湯的目的是什麼？不管是要坐下來談，還是要把他趕回去，如果你們沒有心理準備，根本都沒辦法啊！可是我爸就是堅持說：『沒必要讓他們不安，不要跟他們說。』」

這時，怜倏然意識到一件事——龍人會丟下看店的工作，待在〈帕拉伊索咖啡廳〉，還在這之前跑去〈穗積伴手禮店〉，都是因為擔心怜和壽繪吧！龍人根本就不打算要去找愛美玩。既然這樣，直接說：「我擔心你，所以過來看看狀況。」不就好了嘛！這麼彆扭！怜心裡暗忖道。

話說回來，雖然龍人的關心讓人既害臊又開心是事實，但怜也無法說出內心的感謝，畢竟他正值無法坦率的年紀。

「今天十五號又出現在餅湯了，我覺得他一定是有什麼事，無論如何都想見到怜和壽繪阿姨。」丸山再度解釋道：「所以我覺得還是好好跟你說清楚比較好。龍人，你也這麼想，對吧？」

「是啊！」

「剛才我沖咖啡的時候，也跟我爸這樣說。他也同意說：『既然這樣，告訴怜比較好吧！』」

「可是，小丸爸不肯告訴你他知道什麼？」

「嗯，他說這不是外人可以自作主張、隨便亂說的事。」

外人的言行舉止實在很雙標，或者說定義伸縮自如……明明是外人，卻喜孜孜地組成什麼〔危機管理群組〕，又對男子的過去三緘其口。這標準到底在哪裡？

「這件事我也很在意，不只是我，我媽從小就一直住在餅湯。」怜困惑地說：「換句話說，附近住的全是認識的人，然而我從來沒有聽過任何人提起我爸。」

「我也是。」龍人點頭附和說：「小時候我問我爸說：『怜的爸爸在哪裡？死掉了嗎？』被他臭罵一頓說：『應該還活著，小孩子不要管別人家的閒事！』就沒下文了。」

「被你這麼一說，確實從來沒聽人提起過呢！」

就連生長在咖啡廳這種八卦與閒人集中地的丸山，都如此說。

「我覺得這果然太奇怪了。」

怜終於說出自懂事以來，隨著成長日漸膨脹的疑問。因為對方是從小就在同一條商店街長大、知心哥兒們的龍人和丸山，他才能夠說出口。

「一般來說，『出生的祕密』不是都會透過風聲傳聞那些，飄進本人的耳中嗎？喏，上課上到的《源氏物語》裡面也是，光源氏的兒子不是突然得知自己的身世後，震驚不已嗎？」

「有這種東西？」龍人疑惑地歪頭。

有啦！你上課都沒在聽嗎？怜差點要如此反駁，但念頭一轉，想當然耳，龍人不可能聽課的。

「喏，小丸也這麼覺得吧？」怜轉換方針，向正常人丸山搭話。「不說古典作品，電影跟漫畫那些也是，大部分都有不小心洩漏祕密的多嘴阿姨那些，讓主角發現自己的身世。可是為什麼沒有任何人跟我說我爸的事呢？的確，我們家是沒有親近的親戚，但可以由充滿人情味的商店街來扮演這個角色啊！附近鄰居都在做什麼？應該要扮演好不小心說溜嘴的角色啊！難道那個男人是甚至不能提起的邪惡化身，我總有一天身上也會浮現『666』的撒旦數字嗎？這也太可怕了！我想知道，我想知道到底我是從哪來的？」

沒錯，我真的一直、一直都好想知道。怜激動地心想。我有兩個母親，卻沒有父親。對這有些不尋常的生活境遇，怜雖不曾有過任何不滿，卻也感到不安。

假設壽繪或伊都子是我的生母，她們不感到後悔嗎？她們從來沒有反悔「不該生下那種人的小孩」嗎？壽繪和伊都子相互把怜拉拔長大，但到底是有什麼樣的苦衷，才會變成這種複雜的情況？她們對現狀感到滿足嗎？怜很想知道，卻又害怕得不敢問。

連張照片都沒有，彷彿老早就已經歸西一般，甚至從來沒有人提起的未知父親，是怜不安的根源。他漸漸覺得，是不是只有自己一個人幻視到根本不存在的幽靈，兀自驚悸？自己彷彿是從無而生，有種根基搖晃不穩的感覺。

怜忍不住激昂起來，因為不習慣大聲滔滔不絕，肩膀上下起伏喘著氣。

「噯、噯，你先冷靜！」丸山平靜地說出和剛才一樣的話。「《源氏物語》、電影和漫畫那些會有多管閒事的阿姨活躍，是因為那都是虛構作品啊！」

「咦!?」

「如果沒有人洩漏身世的祕密，故事就沒辦法推進了，所以多管閒事的阿姨才會說漏嘴，然後再說什麼：『啊！對不起，原來你不曉得……』之類的。」

怜從來沒這麼想過，有種豁然開朗之感。多嶄新的說法啊！可是，知道了祕密就想洩漏、熱愛八卦，這不是人類的天性嗎？虛構只是反映出這樣的現實吧？怜也如此認為，但現在這場面，只剩下一個人可以詢問意見，因此他迫無於奈，只能問沒常識的龍人。

「是這樣的嗎……？龍人，你覺得呢？」

「恕不評論。」龍人肅穆地回答。

「不要在重要場面打官腔！」

「有什麼辦法，我真的不曉得啊！這麼難的事不要問我啦！」

「噯噯、噯噯。」

丸山拚命安撫盤腿坐在地上、眼看就要互揪衣領打起來的怜和龍人。

「是我們自己在那邊亂吵。但對怜來說，是多管閒事呢！對不起！」丸山打圓場地說：「不過，大家擔心你跟壽繪阿姨也是真的。我爸他們就算知道什麼，一直沒有告訴你，也不是因為壞心眼，或是排擠你。」

「……嗯，這我明白。」

聽著丸山那一如平常的嗓音，怜對自己反常地激動起來感到羞恥。

商店街的人從來不隨便議論，並齊心協力監視黑大衣男子，全都是為了怜和壽繪。一直以來在餅湯的生活，怜也都能感受到眾人的關懷，可是遇到緊急狀況，還是忍不住動搖。

「怜若想知道……」丸山建議道：「再向壽繪阿姨或櫻台那邊的阿姨問問以前發生過什麼事，就行了吧？」

「就是啊！不要期待會有多管閒事的大嬸洩漏天機。」龍人神氣地附和。

怜覺得兩人的建議很有道理，但有件事卻不能聽若罔聞。

「等一下。」怜狐疑地問道：「那個男人跟我櫻台的母親也有關係嗎？」

「不，這我不曉得。」

「我們又沒見過你櫻台的母親。」

龍人和丸山不約而同地搖頭。

「她們兩個都是你媽，既然這樣，跟你櫻台的母親應該也有某些關係吧？」

丸山理所當然地表明他那種「兩個都是怜的母親」的認知，讓怜有些驚慌失措。因為他發現，或許只有自己被「每個人都只有一個父親和母親」的觀念給綁住了。現實中當然不是這樣，有很多人比方說因為父母再婚，而有了不只一個父親或母親。原來我這個人其實很保守呢！怜暗自反省。

在此同時，怜也發現自己在無意識間，直接認定「疑似父親的黑大衣男子出現在〈穗積伴手禮店〉＝自己的生母是壽繪」，對此大受衝擊。因為這讓他正視到心底深處一直以來的想法：我的生母是不是壽繪？要是生下我的是壽繪就好了。

在怜的認知當中，一起生活的時間更長、操持著生意，在拮据的經濟中努力扶養怜的壽繪，才是他的「母親」。

壽繪很沒口德，有時感覺對怜似乎也不是那麼關心，而且不管是家事還是生活都很馬虎隨便，和茶來伸手飯來張口的櫻台的生活比起來，老實說是雲泥之差。至於伊都子，雖然看似冷淡，其實總是認真聆聽怜說話，也為他設身處地著想。

儘管如此，對怜來說，有壽繪的餅湯商店街〈穗積伴手禮店〉，才是他的

「家」。縱使想要平等地重視兩個母親，怜的心無時無刻都在用無人聽得見的聲音，訴說著：壽繪是不是才是我的親生母親？希望她才是我的生母。怜終於被迫正視自己的真心，感到無顏面對伊都子。

然而，當前的問題是，當男子發現「整個商店街都在監視，無法靠近壽繪」，會不會接著殺向櫻台？伊都子才是怜的生母的可能性當然也非常大，若是如此，和男子有關係的人就是伊都子了。如果男子的目的是破鏡重圓或是勒索金錢，不管怎麼想，比起壽繪，伊都子才是上好的肥羊。

怜連忙從放在地上的環保袋內挖出手機，打開連絡人名單，卻因為焦急怎麼也想不起來慎一姓什麼。好不容易挖掘出記憶：是武藤！接著從名單中找到慎一的名字後，立刻撥打過去。

「怜，怎麼了？」難得接到怜的電話，慎一有些驚訝。「是忘記什麼東……」

「那邊有沒有發生什麼事？」怜打斷慎一，幾乎是尖聲地問道。

「咦？剛剛才見面，沒什麼事啊！真的是怎麼了？」

太好了，那傢伙好像沒有找上門去。怜放心地吁了一口氣。

仔細想想，櫻台的家有只能遙控開關的巨大外門，而且聽說晚上要是不小心誤觸浴室窗戶，保全公司的人立刻會趕過來。保全固若金湯，足以媲美銀行保險庫，與顧客及街坊任何人都能長驅直入的〈穗積伴手禮店〉比起來，要安全太多了。

可是如果什麼事都沒發生，倉皇失措地打電話過去就是個敗筆了。怜覺得如果問伊都子：「有沒有一個全身黑衣的男人去找妳？」可能會害她不安，也會引起她的疑心，所以選擇打給慎一。但慎一和伊都子應該是在交往，這樣能對慎一說出：「可能會有一個疑似媽以前的男人要去找她」嗎？怜不由得猶豫了起來，萬一新歡舊愛上演全武行就糟了。

「嗯，沒事。」怜刻意開朗地說：「小心門窗！替我跟媽問好。」

慎一似乎訝異地說了什麼，怜假裝沒聽見，草草掛了電話。

之所以必須這樣操心，都是因為他完全不明白壽繪、伊都子和黑大衣男子這三者的關係，這次非弄個水落石出不可。

那個男人真的是我的父親嗎？生下我的究竟是老媽還是媽？或者兩個都不是我的親媽？我為什麼會在兩個家之間來來去去？揭曉一切的時候到了，已經不是說什麼害怕、繼續推拖的時候了。

「今天謝謝你們。再見！」

怜向龍人和丸山道謝，毅然站了起來，他抄起環保袋，衝下樓梯，向丸山的父母留下一句：「我會再來跟叔叔阿姨道謝！」便奔出咖啡廳，往自家跑去。

商店街兩旁的店家好似傳來好奇的目光，怜總覺得芒刺在背。

♨ ♨ ♨

怜回到家，卯足了勁要向壽繪問出真相。

應該不著痕跡地護衛著壽繪的龍人爸，似乎早就回去〈佐藤乾貨店〉了。可能是透過〔危機管理群組〕的情報網，掌握到黑大衣男子離去的消息。因此迎接伶的，只有正在看店的壽繪。

「你回來了——！」她似乎顯得很開心，納悶地說：「你是怎麼啦？喘氣喘成那樣，很像變態吔！」

什麼都不知情，妳可真悠哉。伶忍不住白了壽繪一眼，壽繪沒理他。

「你看，佐藤大哥送我們的。」她舉起收銀台上的梭魚乾。「拿去冰箱放。」

「對了，媽也有給我炸物。」

「真幸運！這下就省了兩餐。」

看到開心的壽繪，伶整個人洩了氣，或者說迎頭受挫。

都忘記了，自從伶懂事以來，壽繪就一直是這個調調。雖然為生活勞頓，擔心生計，卻又樂天開朗，總有些天真無邪。有種時到時擔當的大膽，什麼事都能一笑置之地說：「你太愛煩惱了啦！天掉下來有媽頂著，放心。」

對怜而言，「母親」的形象果然還是壽繪，即使她老愛捉弄自己，也確實很煩，但就是討厭不起來，是忍不住可以安心鬆懈的對象。

然而，這樣的鬆懈就是大敵，在充滿生活感的自家，實在很難對家人開口提起嚴肅的話題。

過去怜也多次在心裡暗忖道：雖然在我眼中，老媽是「伴手禮店的黃臉婆歐巴桑」。其實，她也不過是個還不到四十的女人呢！也就是說，她可能才二十出頭就生了我嗎……？怜猶豫著是不是該詢問父親的事，或是壽繪的過去。

可是每一回都遇到「哇！味噌湯噴出來了！怜，幫我關火！」「腰已經變成岩石了……來幫我貼藥膏。」「不要啦！妳自己弄。」這類窮酸卻又無比強韌、日常到不行的對話，讓他詢問的意志不由得萎靡下去。

這天怜也是，卯足了勁卻又半途而廢，和壽繪輪流吃了用炸物當配菜的晚飯，靜悄悄地打烊了。為什麼就是說不出口？怜苦惱萬分，煩到後來也累了，人也懶了。要是輕易就能問出口，他應該早在過去的十幾年間就掌握到真相了。

話說回來，如果什麼都沒打探到，似乎也對不起為他奮鬥關心的龍人和丸山。洗完澡後坐在廚房椅子上等壽繪的怜，內心不禁埋怨道：要是有洩漏祕密的多事鄰居大嬸就好了。

算完帳的壽繪走上樓，怜用睡衣褲子抹了抹汗濕的掌心，拿捏出聲的時機。

「那個……」

「你還沒睡？明天早上我的雜煮要兩塊年糕喔！」

壽繪交代完，逕自通過走廊，就這樣消失在浴室裡。

蛤？怎麼變成我要負責早餐啦？這件事怜也想拿來討論，決定等壽繪出來。

廚房非常冷，但放暖氣很浪費電，他便開了在腳邊送出溫風的小暖爐，不過舊型暖爐僅能製造出嘆息程度的風量和暖意，他只好忍耐著坐在椅子上，交互踩踏雙腳分散注意力。

壽繪洗得全身暖呼呼，吁著氣走出浴室。

「哇，你還在？快點去睡啦！」

壽繪從冰箱取出一罐發泡酒，在怜對面的椅子坐下來，小口小口地啜飲，開始亂轉電視。順帶也開了煤油暖爐，調節風向，讓風主要吹向她那裡。雖說這已是老樣子了，壽繪卻總是恣意妄為。

怜關掉小暖爐，盡量把腳伸過去，好接收橘色的熱度餘澤。

「那個啊……」

「什麼啦？」

「……有沒有發生什麼特別的事？」

「沒有啊！問這做什麼？」

怜瞄了壽繪一眼，只見壽繪聽到搞笑藝人的段子，正哈哈大笑。

去年年底黑大衣男子確實拜訪了店裡，她卻彷彿絲毫沒放在心上，不，或許只是裝作不在意而已。然而憑怜的眼力，無法看穿壽繪的真心。壽繪的開朗之力，也是一面反彈包括怜在內的他者的盾牌。

他明白那面盾牌之所以發動，是為了不讓怜擔心，卻還是感到氣憤，也覺得有點寂寞和悲傷。

「算了。」怜無奈地站了起來。「晚安。」

「晚安——」

怜回到房間，投身在冰冷的被窩裡。

「吼噢噢噢噢！」他把臉按在枕頭上大喊。

「怜，吵死了！會吵到鄰居！」廚房立刻傳來壽繪的怒罵。

妳的聲音才吵好嗎？不過，至少有一件事清楚了——如果怜吵鬧的話，壽繪會採取罵狗的做法。這也表示她並未發現兒子做惡夢呻吟，一直都睡得很香甜吧！

有個神經大條樂天派的母親，實在辛苦。為了保護這樣的母親，也為了不被朋友當成窩囊廢，怜必須知道事實真相。

向壽繪打聽是錯的，她的腦袋大部分似乎都被三餐和金錢所占據了，就算向她拋出事涉男女幽微感情的話題，也是白搭。

腦中浮現伊都子的臉，怜拚命想振奮起萎靡的氣力。沒錯！櫻台的母親那邊還更能溝通。她說她會待到明天，或許直接向她警告那個男人現身了，請她小心比較好。嗯，明天就去找她吧！怜如此決定，高昂的鬥志和緊張讓他難以入睡，但又不想打開參考書。

紙門外傳來電視機歡快的笑聲，壽繪一反剛才的態度，對電視節目完全沒反應。她應該是以為怜已經睡著了吧？就彷彿沒必要再佯裝開朗，無聲無息，彷彿可以看到她一個人孤伶伶地坐在廚房的樣子。

怜感到難以承受，在被窩裡蜷起身體。他想要面對任何狀況都能不動如山的智慧、臂力和經濟能力，可是他也覺得世上根本沒有這樣的大人。不管得到多充沛的智慧、力量和金錢，只要有一顆心，人大概還是免不了會不時驚慌、不像樣地手足無措，或是變得怯弱。

在逐漸暖和的棉被包裹下，怜試圖回想起自己的心尚未成形的那時候。不過他並沒有成功，因為一想到那時自己是在誰的肚子裡，心臟就立刻揪緊疼痛了起來。

心一旦成形，似乎就再也無法拋棄。

六

嗡嗡嗡嗡——。蒼蠅振翅聲。

怜站在夜晚的沙灘上，是熟悉的餅湯海水浴場，現下周圍完全沒有人。天空不見半顆星光，海岸林立的公寓和飯店，燈光也不知為何半盞都沒有亮起。唯有白色的波浪從彼方伴隨著低沉的海浪聲不斷地湧現，拍向腳邊。不管再怎麼往下踩緊，溫濕的沙子仍不斷地被海浪帶動，在腳底下鑽爬。

約五公尺外的地方，有一團黑色的物體。沒有光源，四周一片漆黑，怜卻看到了。海水浴的遊客用沙子埋住躺在沙灘上的人玩鬧，是常見的景象，就是那種感覺的一團東西。他起初以為那東西之所以呈黑色，是沙子潮濕的關係，顯然他錯了。

嗡嗡嗡嗡——。蒼蠅振翅聲，無數隻蒼蠅密聚在那裡，形成了一座小山。那裡掩埋著我的祕密。怜嚥下畏怯，立下決心跨出一步……

這時，突然醒了過來，放在枕邊充電的手機嗡嗡嗡作響，在榻榻米上滑動。

「什麼啦……」

怜睡眼惺忪地從被窩裡抓起發亮的手機查看，螢幕上顯示『心平』。

「喂？」

「噢，你終於接了！早啊！新年快樂！」

「吵死了……」怜忍不住把手機從耳邊拿開。

「我們去看元旦日出！快下來！」心平依舊用聽得一清二楚的音量大喊道。

「蛤？什麼意思？」剛醒來的腦袋追不上心平的突然邀約。「今天已經初三了吧？看元旦日出？」

倒是，不只是手機傳來聲音，好像也聽到真人的聲音……。怜百般不願地爬出被窩，打開面對商店街的窗戶。四下一片陰暗，可以說還是夜晚，迎面而來的冷空氣讓他一陣哆嗦。

探頭往下看，拉下鐵捲門的〈穗積伴手禮店〉前面，心平、龍人、丸山、藤島正仰望著這裡揮手。他們各自跨在腳踏車上，不只穿著大衣，還裝備了圍巾和手套，禦寒措施無懈可擊。

「幹麼突然去看什麼日出啦？」怜盡量壓低音量，免得吵到鄰居。

「因為新年啊！」心平比平常更帶勁，愉悅的嗓音從手機和樓下雙聲道傳來。

「昨天晚上不是說好了嗎？很冷吔！快點下來啦！」

怜不記得有說好這種事，但要是他們繼續賴在店門口，肯定會引來鄰居抗議。

怜掛掉電話，關上窗戶，用超特急速度洗臉小解，換好衣服。在廚房餐桌留下便條〈我去看日出〉，邊圍圍巾邊跑下樓。開鐵捲門時順帶想到，戴上工作手套禦寒。吸飽夜晚空氣的鐵捲門冰得像冰板一樣，感覺會貼住指尖拔不下來。

「很慢吔！」龍人說。

怜掏出大衣口袋裡的手機一看『清晨五點半』，從結束和心平的通話到現在，還不到五分鐘。不過，通訊軟體似乎在深夜大活躍，有二十三條未讀訊息，是心平他們決定「去看日出」的痕跡吧！

幹麼把未讀未回的我都算進來，今天我想去櫻台啦！怜有滿腹怨言，但他知道抗議也是白費力氣，最後選擇直接說：「抱歉。」

怜從店與店之間狹窄的空隙裡牽出淑女車。

「那要去哪裡？」

「說要去餅湯城的山上。」藤島就像平常一樣，泰然應道。

「衝啊！」

心平領頭踩起腳踏車。龍人緊跟上去。丸山的眼睛只張了一半，腳正要放上踏板，立刻就踩了個空。

五台自行車滑過拱頂之下無人的商店街緩坡，龍人和心平一眨眼就彎過平緩的轉角，不見人影了。

「旅館不用幫忙嗎？」怜問騎在旁邊的藤島。

「嗯，今天去幫忙退房後的打掃就行了。」

下坡之後，來到海岸道路。

一離開拱廊商店街，冬季的海風便從側面猛撲上來。實在太冷了，怜和藤島忍不住閉上眼睛，停下自行車。

「喂——，小丸！」

「振作點——！」

兩人回頭呼喚，丸山牙齒打戰地跟了上來。

「我不行了……我都拒絕了，心平硬把我架來……」

藤島把自己的耳罩戴到丸山凍得通紅的耳朵上。

「沒辦法啊！心平好像要給我們看什麼東西。」

「除了日出以外的嗎？」

「嗯，他剛才說了類似的話。他是那種想到就去做的人嘛！」藤島豁達地笑，催促道：「喏，走吧！」

「也只好認命，誰叫自己交到一個腦袋裝肌肉的朋友呢？」

怜也這麼說，摘下工作手套遞給丸山，順帶摸了摸自己變冰的鼻頭，可能是毛孔都縮起來了，總覺得觸感比平常更光滑。

五盞自行車車燈宛如動輒變形的星座般，前後搖擺著在海岸道路前進。天上的銀色星星呼應似地閃爍著；左邊是一片漆黑的大海，還看不出水平線在哪裡。晨光遙遠，整座小鎮仍在睡夢當中，頂多只有汽車高速駛過旁邊。

龍人和心平在山腳下等，見他們到來，立刻自行宣布。

「來比賽誰先第一個騎到城堡！」

說完，便騎上坡道，那速度快到幾乎讓人錯覺他們騎的是電動自行車。

當然，伶、丸山和藤島都是推著自行車走上坡。走到一半，就看見龍人和心平倒在路邊呻吟。

「嗚嗚嗚——，大腿肌肉斷裂了……」

「餅湯山真是強敵……！」

他們決定拋棄兩人，繼續往前進。

來到餅湯城城區內，伶等三人站在山丘上眺望大海。四下微微亮起，一道紅光在海上畫出一道水平線，標示出「這裡是與天空的境界線」。山丘上的鳥兒熱鬧地啁啾啼叫，覆蓋著天空的雲朵和大海都開始幽幽地散發光輝。

「今天是陰天，而且這裡方向不對，看不到日出。」伶喃喃道。

「我早就隱隱感覺到了，海角另一邊才是東邊。」藤島說著，指出方位。

「那我們幹麼這樣一大清早……」丸山吸著鼻子吶吶地說。

片刻之後，龍人和心平像是攀在自行車上推著車，踩著蹣跚的步伐現身了。

「你們啊！到底找我們來幹麼啦！」怜感到傻眼極了。「都已經早上了，根本看不見日出啊！」

「哎呀！比想像中的更艱難。」心平搥著大腿說。

「人生總是會有失算嘛！」龍人喘著氣，沒來由地神氣挺胸。

「具體來說，你們做的事有哪一件不是失算？」丸山沒好氣地怨懟道。

怜還以為自己的心聲洩漏出來了，嚇了一跳。丸山難得會像這樣反駁，看來在寒冬清早硬被挖起來拖到這種地方，讓他相當氣憤難耐。

龍人和心平似乎也察覺到丸山的怒意，他們搭住穿得像雪人般圓滾滾的丸山的肩膀，拉著他的手，開始拚命討好。

「對不起啦！路人，別這麼氣嘛！」

「確實，我們的人生就只有失算。」

你們的人生也沒慘烈跟倒楣到這種地步吧？怜忍不住在心想反駁，但龍人和

心平似乎認為現在應該要徹底巴結丸山才對。平日溫和的丸山一旦默默地動起怒來，有種不容分說的魄力，怜打算靜觀其變

「做為賠罪，給你看樣好東西，好嗎？」心平拉扯丸山的手，說道：「大家也一起來。」

心平引導眾人前往的地方，是餅湯城後方的通行門。天守閣基台的城牆上，嵌著一道冷冰冰的灰色鐵門，門上貼了張已經褪色的手寫告示：〔非工作人員禁止進入。參觀博物館，請由正門入內。〕但心平視若無睹，抓住門把左右轉動起來。

「喂，心平！」怜擔心地出聲阻止。「這麼一大清早，而且是春節期間，博物館應該沒有人吧！」

「沒問題，館員把備份鑰匙借給我了。」

「蛤？」怜吃了一驚。

這時，門打開了。心平將得意地高舉的鑰匙收進大衣口袋，像走進自家似地催

促大家：「請進。」

都發生繩文式土器失竊案了，卻沒有警報聲響起的樣子，甚至還把備份鑰匙交給外人，這博物館到底有沒有危機管理意識啊？怜啞口無言地踏進城堡裡，呆掉的丸山和依舊泰然自若的藤島也緊跟了上去，而殿後的龍人以熟練的動作從裡面關上通行門。

心平帶著眾人前往的是博物館的後場，這裡似乎是辦公室兼職員休息室。房間中央擺了幾張長桌和折疊椅，牆邊有張放了電腦的辦公桌，此外的牆面都被書架狀的鐵架給填滿，陳列著正在整理分類的農具和面具，其中也有許多繩文式土器。

「去年大家一起來看土器之後，我開始滿常會到博物館來。」心平說著，走到鐵架那頭。「我跟一個老爺爺館員……他叫田岡先生，變成了好朋友，因此現在可以自由進出這裡。」

危機管理……。這四個字又浮現怜的心頭。也許是因為博物館所在的餅湯城是混凝土建築，後場也冷如冰窖，甚至比戶外還要冷。站在旁邊的丸山牙齒再度上下打戰，怜連忙隔著大衣幫他摩擦手臂。

「然後我跟田岡先生聊天，發現了一件事。你們看這個……」心平說完，指向架上的繩文式土器，眾人圍過去觀看。「你們覺得怎麼樣？」

「很漂亮的土器啊！」藤島稱讚道：「很完整。」

「邊緣的裝飾就像海浪一樣，充滿躍動感。」

怜再次為繩文人的創作能力感到驚奇。

「就是說吧？」心平顯得很開心。「這是我小學時做的土器。」

「蛤啊啊——？」

怜、丸山和藤島忍不住怪叫起來，看著心平就像在說：你是瘋了嗎？似乎只有龍人已經事先聽說了，「嗯嗯」點著頭。

「心平以前也提過這件事呢！」丸山歪頭說：「但你能證明這是你做的嗎？」

「這算是證據嗎……路人之前給過我提示，我想起其實我有做了記號。」心平說著，拎起土器翻倒過來。「底部嵌著貝殼對吧？」

確實，雖然黑黑髒髒的，土器底部中央確實嵌著小小的雙殼貝類的其中一片。

「這個貝殼是我小時候在餅湯的海邊撿到的。」心平把土器放回架上，這次拖起旁邊的土器。「看，這個也有。我跟田岡先生聊天，漸漸想起當時的事，我想到我都會在自己做的土器跟土偶裡面嵌進貝殼。」

「可是……實在令人無法相信。」藤島感到難以置信。「小學生做得出這麼精巧的土器嗎？」

「當然不是我一個人做的啦！」

心平把第二個土器也放回架上，自在地一屁股坐在折疊椅上，而怜和其他人也隨意地坐到長桌周圍的椅子上。

「那時候博物館的館員不是田岡先生，是一個年輕人，聽說他在這裡待到大概五年前。我請田岡先生幫我查了一下，但他好像已經不在町公所上班了。沒辦法再見到他，真可惜！」

「在校外教學做繩文式土器的時候……」龍人交抱著手臂仰望著天花板，回想道：「確實有博物館的人稱讚心平，只是我不記得他長怎樣了，不過，嗯，印象中是個滿年輕的大哥哥。」

「我跟那個人一起量產了這個房間裡的繩文式土器。」心平正大光明地宣告。

「幹麼量產什麼土器啦？」怜忍不住嘆氣。

「咦？因為很好玩啊！」心平的口氣像是在說：除此之外還有什麼理由？「我想大家也瞭解到，我有陶藝的才能了吧！我來去考美大好了。」

「咦咦咦——！」丸山不由得縮起身體。

他一定是在想，萬一連大學都得跟心平當同學，那實在太悲慘了。

「總之……」心平把身體探向長桌。「田岡先生檢查以後，包括收藏庫裡面，後場有七個、展示間的玻璃櫃也有一個底部嵌著貝殼的土器。」

「也是你做的土器？」丸山怯怯地問。

「等一下，假貨也拿去展示了嗎？」怜驚訝地向後仰。

「嗯，包括土偶在內，我記得好像做了二十來個吧！其他的不曉得是不是搞丟了。去年被偷的，或許也是我的傑作。」心平悠哉地說：「然後我就跟田岡先生討論，決定從新年過後的開館日，把展示的繩文式土器全部換成我做的土器。」

「真是個好主意。」

龍人豪氣地附和，跟心平擊掌。

「哪裡好了……」

怜無力地雙手撐在長桌上，這事實在太荒誕無稽了，他跟不上。

丸山好像也驚呆了，忘了發抖。

「呃，這樣不行吧？」藤島替怜說出心聲。「這裡好歹也是博物館，居然展示贗品？那會標示是『複製品』嗎？」

「不會，會寫『繩文時代中期』之類的。」

「為什麼……」怜整個人癱向長桌。

「藤島跟怜真是腦袋轉不過來吔！」龍人受不了地說。

「輕鬆一點看待嘛！反正這家博物館根本沒有人來參觀。」心平樂天到家。

「博物館對你這麼好，你怎麼這麼說？」怜癱在桌上呻吟。

「唔，也是啦！」心平嘿嘿一笑。「可是就算展示假貨，應該也不會有什麼問題啦！反正會來的也只有小偷。」

「什……」怜已說不出話來。

「原來如此！心平想用自己做的土器當誘餌是嗎？」

丸山一臉「總算懂了」的表情。

「沒錯。」心平得意洋洋地說：「之前的土器，好像是光天化日之下從展示櫃裡被偷走的。田岡先生多半都在後場，剩下的就只有一個打工的阿姨，幫忙打掃跟巡視場地那些，實在顧不到每一個角落。好像是發現的時候，展示櫃的鎖已經被撬開，土器不見了。」

「可是，假設展示心平的土器，然後又被偷了……」怜一臉疑惑地問：「要怎麼追查竊賊？跟貝殼一起嵌進訊號發射器嗎？」

「又沒有預算，哪可能做那種虎膽妙算一樣的事？」心平搔了搔後腦。「只能一個個查看拍賣網站，要是看到長得像的土器，就若無其事地要求：『想看看底部的照片。』以前被偷的土器或許也被拿去變賣了，大家也一起幫忙吧！」

「可以是可以，但這個樣子，感覺抓不到小偷吔！」

藤島憂慮地說，怜也有同感。

「會嗎？我還是覺得這點子很讚。」龍人打著哈欠說：「重要的是，不能讓更多真的土器被偷走。」

「我的傑作下落不明，對人類也是一大損失呢！」從心平這麼說的表情來推測，他似乎不是在說笑。「逼不得已，我已經有把引以為傲的珍品奉送給竊賊的心理準備。田岡先生也已經對照收藏記錄，把區分出來的真品悄悄搬到町公所去了，準備萬全！」

「這樣做沒問題嗎？」怜還是感到不安。「公所沒辦法進行濕度管理那些，而且進出的人比博物館更多吧？萬一發霉還是被偷……」

「放心啦！土器就算長點霉，也沒人在乎，而且也不會有人要偷。說穿了，就只是土器嘛！」

「你居然瞧不起土器！你到底是喜歡還是不在乎土器，給我說清楚！」

「不就是因為土器有價值，被人偷走，才會決定展示心平做的假貨嗎？」

「跟心平說話，腦袋真的會被搞混！」

怒吼聲與嘆息聲在後場此起彼落，在這當中，只有龍人顯得一派悠閒，站起來伸了個懶腰。

「肚子餓了，而且好睏，差不多也該回去了吧？」

一行人騎著自行車，看著乘風飛翔的海鷗和海面上前往港口的小漁船，循著海岸道路回家。不僅根本就不是元旦日出，也沒有直接看到日出景象，這場活動到底有什麼意義？怜感到納悶不已。

心平歡快地在海岸道路飆車，龍人也跟進。明明說肚子餓，卻活力十足地和心平上演極速賽車，似乎具有看到老鼠玩具就忍不住要追的貓習性

結果怜只能自己找出疑問的解答：心平大概是最多只能在家安靜兩天，終於悶不住，才會拉我們出來逍遙一番吧！簡而言之，就是依據心平的「擇期不如撞日」論調，一大清早就被他牽著到處跑罷了。

回到商店街，所有的店家鐵捲門依然拉下，看看手機，才剛過七點而已。

走進商店街中段左右，肚子咕嚕聲大作的龍人忽然出聲。

「拜，寒假結束學校見。」

說完，他把〈佐藤乾貨店〉的鐵捲門打開一半，匆匆鑽進店內。

明明率先前往餅湯城小山，最後卻輸給食欲，道別得比白高湯烏龍麵的湯頭還要淡泊……不過，龍人本來就是這種人。怜內心嘆息著，也回應：「嗯，拜。」

「這個謝謝你。」丸山拿下工作手套遞給怜，問：「昨天後來怎麼樣了？」

此時，藤島和心平並排騎車慢速前進，已經穿過商店街朝車站那裡騎去了。

丸山應該是在尋找不知情的兩人不會聽到的時機開口，怜接過來的工作手套被丸山的體溫溫熱得暖烘烘。

「我沒辦法開口問我媽。」說完，怜覺得可能會被解讀為懦弱，於是補充道：

「喏，就算想要談正經事，也很難開口。」

「我懂，基本上跟爸媽講話都很煩。」

原來小丸也是這樣？怜感到有些意外。

丸山經常幫忙咖啡廳的工作，顧店時，看起來也是很平常地跟父母聊天。然而，就連如果參加「國民兒子選手權」，絕對能名列前茅的丸山，都覺得父母很煩的話……。怜不由得感到安心，思忖道：原來不只我一個人這樣。但又萌生出另一個疑惑：可是這樣的話，讓小孩覺得這麼煩的父母，到底是怎麼回事？真是神祕的生物。

在這世界大多數的「父母」當中，壽繪也算是屬於放任主義吧？即使如此，怜有時仍會被壽繪的舉手投足搞得很不耐煩，不管她說什麼，經常都只想回頂一句：「囉唆啦！」當然，要是他真的說出這種話，絕對會遭到三十倍的反擊：「蛤！誰准你口氣這麼大？」也因此，全都用力按捺下來。他總是期望著不願被束縛，想要快點長大，一切都由自己決定。

奇妙的是，看在怜的眼中，大多數的大人受到更多的義務和人情所桎梏。然後結婚或生小孩，儘管被家人嫌「煩」，似乎也過著算是快樂的日常生活。

對怜來說，這才是真正無法理解的事。難道他們小的時候，都不覺得父母或那些有形無形的束縛很煩人嗎？或即使這麼感覺，長大後就會淡忘這件事，又想要追求新的束縛或家人呢？

我覺得我做不到。怜暗自否定。我有兩個母親，狀況已經夠複雜了，光是想到還要再加上妻子或孩子，就恐怖到不行。他也不想變成惹人厭的存在。真想生為藻類或菇類那樣的生物。

「我等一下會去櫻台那裡。」怜懷抱著不可能實現的無意義願望，嘆氣道：「我已經留字條跟我媽說要去看日出了，剛好不用找藉口。」

「你櫻台的媽媽會比較好說話嗎？」丸山探問道。

「我覺得啦！不過也半斤八兩吧！」

「是喔？」聽到怜的回答，丸山咪咪笑起來。

「怎樣？」

「沒事，只是想到對你來說，還是商店街比較親近，覺得有點開心而已。」

反過來也就罷了，聽到自己剛才的話，怎麼會做出這種結論？怜感到納悶，但也發現自己對商店街和壽繪的感情其實更深。

被丸山說出自己的真實感受，怜覺得害羞尷尬，只能逞強地擺臭臉。

「什麼啦！」怜說著，直接經過〈穗積伴手禮店〉前面，在站前廣場和丸山、藤島及心平道別：「拜！我要去別的地方一下。」

丸山把借來的耳罩套回藤島頭上，只用嘴形無聲地對怜說：「加油！」

怜揮了一下手，經過軌道，騎著自行車往櫻台前進。

♨ ♨ ♨

即使看到一大早也沒連絡一聲，繼昨天之後連續來訪的怜，伊都子也沒有特別驚訝的樣子。

「咦，要吃飯嗎？」

不是悠哉吃什麼飯的時候啦！我必須盡快得知我的身世祕密，還有現身餅湯的那個男子的身分！儘管這麼想，餐桌上剩下的年菜看起來依舊澎湃美味，怜暫且坐了下來。

「我不客氣了。」

慎一端來雜煮給他。

從天色未明時就在寒風吹拂中騎車運動，因此熱呼呼的雜煮格外沁人肺腑。

對了，慎一哥該怎麼辦？怜一邊咬著延展性好得莫名的年糕，一邊思忖著。如果要談那個男人的事，得把慎一哥支去別的地方比較好吧？

「慎一哥，你今天不用整理庭院嗎？」

「咦？現在還這麼早。」慎一客氣地嚥下正在咀嚼的魚糕。「我打算初三前先悠哉地休息一下。我應該去整理庭院嗎？或者說，我應該要去才對。這麼說來，我是寄人籬下嘛！」

慎一說著，驚慌失措地就要站起來，怜隔著大餐桌拚命伸手拉住他的毛衣的袖子想制止他。

「對不起，不用啦！你好好休息。」

看著兩人對話的伊都子放下筷子。

「怜，偶爾換我們去整理庭院好了。」

如此這般，兩人從溫室趿著拖鞋前往庭院。

草坪在慎一周全的管理下，被修剪得整整齊齊。冬季褪變成偏黃的色澤，也別有一番情趣。

怜和伊都子隔著不用大聲說話也能聽見，肢體完全不會接觸到的距離，蹲在庭院中央，拔著冒出草皮的綠色雜草。緩慢爬升的太陽溫暖著兩人穿上大衣的背部，地面升起乾草和肥料的香甜氣味。

怜擔心伊都子漂亮的指彩會弄壞，把工作手套借給她。

「所以呢？」伊都子戴上工作手套，殘忍地將不知名的雜草一株株從泥土裡連根拔起。「你有話要跟我說吧？」

怜隔著溫室玻璃窺看室內，好像在廚房洗碗的慎一不時會偷瞄這裡。與其說是好奇怜和伊都子在聊什麼，更像是擔心草皮會不會被他們弄壞。

「我在商店街看到我爸。」

「什麼時候？」

「昨天。」

「是喔——！你怎麼會覺得那是你爸？你問過壽繪嗎？」

「我沒問，可是臉和聲音都跟我很像，一眼就能認出來了。」怜使勁地拔草，掩飾全身的顫抖。「而且，雖然我不知情，但他好像在年底時也有來找過老媽，卻被商店街的人趕走了。」

「原來如此。那個人看起來很陰沉？」

「唔，是不陽光啦！」

「那就沒錯了，是重吾。」

「十五*？」

「岩倉重吾。啊！不，他可能現在還是用『光岡』這個姓。他是我的前夫，也就是你的父親。」

所以商店街的〈危機管理群組〉才會叫他十五號嗎？「岩倉重吾」，這名字簡直就像明治開國元老跟劍豪的合體。只是媽這番話該不會若有似無地在損我「你也很陰沉」啊？各種無關緊要的聯想，在怜的腦中盤旋。

然而，「我的生母原來不是老媽，而是媽」這個滔天巨浪捲走了一切，留下來的只有靜謐。

庭院的楠樹傳來啁哳鳥囀聲。

「你好像虛脫了，還好嗎？」

「有嗎？沒有啦！我沒事！」無法承受這個衝擊，雙手扶地的怜，擠出僅餘力氣撐起上半身。「因為我一直以為生下我的是穗積老媽，所以有點驚訝……」

「嗯，生下你的確實是壽繪。」

「咦咦咦咦——！」怜再次脫力地雙手扶地。「抱歉，我搞糊塗了。」

「你還這麼年輕，腦筋是不是太死板了啊？」

伊都子蹲著靠過來，摘下工作手套撫摸他的背，讓他冷靜下來。不到半天之內就被兩度認定為「死腦筋的傢伙」，讓怜不由得在內心反駁道：是媽跟龍人太不受常識束縛，自由過頭了吧？

「就算不結婚，也能生小孩吧？」

＊注：日文中，「重吾」和「十五」同音。

「是這樣沒錯……不，等一下，讓我整理一下。跟那個男的結婚的人是媽，對吧？為什麼媽會扶養那個男人在外面生的小孩？我嬰兒時是住在這裡吧？」

「我一直以為這些你都知道了。」伊都子嘆了口氣，拍了一下怜的背站起來。「我應該早點好好跟你說明才是。對不起！」

在伊都子催促下，怜回到溫室，兩人在木製小圓桌兩側面對面坐下來。玻璃空間裡洋溢著日照，即使沒開暖氣也很溫暖。

端來紅茶的慎一應該是出於貼心，放下茶具後便出去庭院了。也或許是懷疑怜和伊都子真的只有拔掉雜草嗎？非得確定一下才能放心。只見慎一一邊檢查他們拔起來丟在原地的草，一邊裝進垃圾袋裡。

蹲在庭院的慎一，背影看起來就像個巨大的黑色香菇。生為菇類感覺也有很多事情要操煩。怜分神地思忖著。

「重吾的年紀比我小了一輪以上。」伊都子喝了口紅茶，娓娓道來。「他那時候在餅湯遊手好閒。」

「遊手好閒？」

「算是漂泊浪子嗎？他在海邊的義大利餐廳當服務生，我夏天住在這裡時，去那裡吃飯，認識了他。然後我向他搭訕，跟他結了婚。」

「等一下，太快了吧？」怜把正要端起來的杯子放回碟子上，錯愕地問：「怎麼會這麼輕易就跟一個浪子結婚？」

「除了一時衝動以外，還有什麼理由呢？」伊都子似乎對怜的問題感到極度不解。「要是那種會穩定下來慢慢交往認識再結婚的人，就不叫浪子了吧？」

「是這樣……沒……錯……啦……？」

不管是一時衝動還是一步一步來，都沒有交往或結婚經驗的怜，即使滿腹疑問和不滿，也只能乖乖退讓。

「重吾搬進這個家，我平常都待在東京，所以只有週末會一起生活，不過我們相處得滿好的。大概過了一年多，他一臉嚴肅地跟我說：『我把商店街的女生肚子搞大了。可是她說會拿掉，我愛的也只有小伊妳一個人而已。』」

「妳幹麼跟這種爛人結婚啦！」

就算沒有交往或結婚經驗，怜還是無法默不作聲。

「我就是喜歡有點陰鬱、浪蕩、花花公子的男人啊！」伊都子不以為意地說：「當時我也才四十出頭，除了埋頭工作以外，幾乎沒有餘裕去做別的事。唔，也是渴望刺激吧？不過也實在是學到教訓了，後來就修正喜好的軌道了。」

結果就是庭院裡那棵菇嗎？怜感到有些絕望。慎一確實沒有陰鬱之處，卻也不能說不浪蕩，而且寄生於女人。這修正值也太微渺了。

「我一直覺得我不在這裡的時候，他八成會在外頭亂來，卻也沒想到會搞大人家的肚子，真是太不把我放在眼裡了。至於重吾怎麼會向我坦白，是因為想要錢去墮胎。那傢伙辭掉義大利餐廳的工作後，遊手好閒得更厲害。」

真是無地自容，我的父親居然是爛成那樣的人渣，而我是外遇的結果？怜緊咬著下唇。是說，這真的是我的誕生前傳嗎？照這樣下去，感覺我就要被墮掉，沒有我出生的戲唱了。

「那個……他外遇的對象，就是老媽？」

「當然囉！如果他在餅湯還搞大了其他女人的肚子，我也會考慮把他丟進海裡餵魚。」

伊都子的手指幾乎快折斷杯耳。

怜察覺她看似冷靜，其實到現在仍怒意未平，怜連忙擺出洗耳恭聽的態度。

「我假裝原諒重吾，問出對方是誰？然後找上了〈穗積伴手禮店〉，憤憤地想去興師問罪。」

要上演扯頭髮戲碼了嗎？怜在腿上握緊拳頭，做好心理準備。

「壽繪那時才二十來歲，一個人經營那家店。」

壽繪偶爾會想起來似地，對著擺在自己房間櫃子上的一張照片合掌膜拜。聽說是壽繪小時候病故的母親，和怜即將出生前，死於意外的父親，說是去元湯町的旅館補伴手禮的貨，回家路上遇到車禍死劫。

壽繪好像也沒有其他往來的親戚，怜撇開自己，覺得她與親人真是有緣無分。對壽繪來說，或許生長的餅湯商店街的居民們，就稱得上家人的存在。

「她根本不曉得重吾結婚了。當我強硬地說：『我們談一談。』她整個人也是愣在那裡，一頭霧水。」

「老媽怎麼會跟那種男人……」怜氣得全身發抖。

雖然不曉得那個男人是開國元老還是劍豪，總之都是個毫無辯解餘地的人渣。在怜的心裡，他是個沒有任何回憶也沒有感情的男人，但光是想到自己跟這種人渣有血緣關係，就一陣作嘔。

怜開始害怕聽到下文，想要逃避，不願繼續聽下去。

「這你就得問壽繪了，我實在不好說什麼。」伊都子歪著頭說：「因為墜入愛河，所以被蒙蔽了？而且她還那麼年輕。」

總之，闖進〈穗積伴手禮店〉的伊都子自稱是男人的妻子，壽繪一陣茫然之後，像是發了瘋似地把餅湯溫泉饅頭堆到陳列台上。應該是慌到六神無主了吧？正處於孕期初期，反而是伊都子擔心會造成她身心負擔，好不容易安撫了她，讓她在收銀台的圓凳子坐下來。

「她一直向我低頭陪罪，說：『我知道這不是道歉就能解決的事，但是真的對不起！』她完全沒有辯解，說不知道重吾是有婦之夫。那個時候我就有點欣賞她了。我本來還打算上門去吼：『妳這個狐狸精！』大鬧一場。說來實在好笑，當時卻被感動了，覺得她真是個好女孩。」

當時伊都子放柔了聲調問：「妳肚子裡有小孩了？打算怎麼做？」

「壽繪猛地抬起頭來，說：『我要生！』接著又說：『對不起！可是我本來就打算把孩子生下來……我會一個人把孩子養大，請讓我生下他。』明明根本不需要我的同意啊！」

壽繪應該一直以為自己會跟重吾結婚，生下孩子吧！雖然重吾壓根就沒這個打算，似乎想要巧言哄騙她去墮胎。然而，當壽繪得知事實之後，仍當場決定要保護肚子裡的怜。

明白自己並非迫不得已才被生下來的，怜連忙拿起杯子，喝了口涼掉的紅茶。若不轉移一下注意力，感覺滲出眼眶的淚水就要滑下臉頰了。

「我訝異地問：『咦？妳打算跟重吾分手嗎？』壽繪站了起來，憤慨地說：『當然！那種渣男……』眼看她就要搬起裝饅頭的箱子扔出去，我又費了一番力氣安撫她。」伊都子陷入回憶，笑道：「我說：『孩子就生下來吧！不過，妳不必一個人扶養，我也會跟妳一起養。』」

「為什麼……？」

世上有哪個妻子會扶養丈夫外遇生下的孩子？又不是戰國武將的正室和側室，或明治開國元老的元配跟小老婆。難不成岩倉重吾真的是明治元老？

看著混亂的怜，伊都子露出懷念的神情。

「壽繪也露出跟你完全一樣的表情，喃喃地問：『為什麼……？』因為這是順水推舟的好機會啊！我一直想要個孩子，但我忙著工作，難以把握機會，而且從年齡來看，也感覺自己大概生不出來了。」

理由不光是這樣而已，伊都子應該是無法拋下壽繪吧！怜當然非常清楚，伊都子看似精明的生意人，其實非常重視人情。

「我立刻跟重吾離婚，給了他一筆分手費，不准他再靠近餅湯一步。」

「可是那傢伙厚著臉皮又出現了。」

「他一定一直在外頭放蕩吧！或許是混不下去了。」

伊都子的目光垂落在杯子上，就彷彿紅茶的表面倒映出那段空白的時光。

「重吾那邊，我會調查一下，你放心吧！要是他再出現，你馬上通知我。」
「他不會跑來找媽媽？」
「我那時惡狠狠地恐嚇了他一頓，應該沒那個膽再來。就算他來了也無所謂，這裡還有慎一在。」
怜望向庭院，只見慎一正坐在草坪上，呆呆地仰望著灰色雲層間露出的太陽。看起來不太可靠。
「壽繪因為車禍後一直住院的父親在她即將臨盆的時候過世，加上產後身體狀況不佳，實在沒辦法照顧還是嬰兒的你。所以我暫時把你帶來這個家，幫你餵奶換尿布。後來就像你所知道的，讓你在這兩個家之間來來去去。」
照顧剛出生的嬰兒，應該沒有嘴上說的那麼輕鬆。商店街也有人一邊顧店一邊顧嬰幼兒，就算是沒機會接觸育兒的怜，也知道那有多辛苦。身為社長，極為忙碌的伊都子，到底是怎麼照顧嬰兒的？

或許是疑問寫在怜的臉上，伊都子有些不服氣。

「幹麼用那種不安的眼神看我？我有熟悉的女傭幫忙啊！無論如何都排不出時間，也都有雇奶媽來照顧你。不過，那時候我確實盡量減少工作量，所以沒有想像中的那麼困難。」

「減少工作？媽媽？」

有些工作狂傾向的伊都子，居然能減少工作……怜感到意外極了。

「你把我當成生化人還是什麼了，要是平常的工作量，同時還要照顧嬰兒，我早就忙到暴斃了。而且社長要是丟下育兒只顧著工作，也會讓員工不敢請育嬰假。我這叫高明的經營策略。」

「呃，說的也是呢！抱歉啊！」怜乖乖地歉疚道。

伊都子似乎回想起育嬰的往日時光，臉上又泛起笑容。

「我自己也很驚訝。不過實際去做，我還滿會照顧嬰兒的呢！餵奶拍嗝完全難不倒我，唱搖籃曲給你聽，你一下就睡著了。就算年過四十，還是能發現自己不為人知的特技，真的很快樂。不過，或許只是因為你是個特別好養的嬰兒吧！」

「……媽不會覺得看了討厭嗎？」

怜的聲音因緊張和不安而沙啞了，他清了一下喉嚨。

「討厭什麼？」

「我長得跟那個渣男很像吧？」

「傻瓜！就算外表相似，內在也是天差地遠。」

伊都子說完，伸出戴著閃耀寶石的手指，輕捏怜的肩膀搖晃了一下，接著很快就放開了。

「對了，你剛才問，為什麼我會決定養育你，是嗎？」

「嗯。」

「因為你那麼可愛。」

「蛤？」

「當時壽繪從醫院連絡我，氣若游絲地說：『生了！』我連夜開車趕過去，你就像隻紅褐色的小猴子一樣，可愛得要命。你是壽繪跟我的心愛的兒子……」

說到這裡，伊都子忽然打住，拿起兩人的杯具走去廚房，片刻後，洗碗槽傳來流水聲。以洗兩只杯子而言，水聲嘩啦啦流了很久。

怜擔心地想去看看，卻做不到，因為臉頰滿是淚水。他覺得自己總算明白，為什麼伊都子不同意「走出家門就有七個敵人」這種論調了。

伊都子敞開心房，接納了壽繪，也接納了怜。她走出常識這個狹隘的「家」，結識了朋友和尚未得見的人，似乎認為這是一種幸福。怜也覺得有這樣一個母親，是自己的幸福。

怜在櫻台寬闊的玄關穿上鞋子後，回過頭看著送他的伊都子。

「媽，第三週我再回來。」

丸山曾說怜無法向壽繪開口詢問這件事，是因為兩人關係太親。怜自己也這麼認為，或許在自己內心深處，他的母親、他的家，是壽繪和餅湯商店街的〈穗積伴手禮店〉。

可是他錯了！自己為何出生？愛著他的是誰？都在得知真相以後，他總算知道自己錯了！

壽繪和伊都子對他來說，同樣都是母親。他一直努力這樣去想、並說服自己，但現在他不需要說服了，這已成了他發自真心信服的事實。

「好好好，路上小心！」

眼睛微紅的伊都子詫異地眨眨眼，故意沒什麼地回應，然後把工作手套揣進怜的大衣口袋裡。

一感到害臊，我也會變成這種口氣，這一點倒是跟媽很像。怜想到這裡，忍不住笑了起來。

站在伊都子旁邊的慎一不曉得是否明白這一切，看著兩人滿意地點點頭。

♨ ♨ ♨

一回到〈穗積伴手禮店〉，怜馬上放聲咆哮。

「老媽！妳馬上改掉挑男人的爛眼光！」

「你這黃毛小子居然……」壽繪正要吼回去，似乎悟出情勢不利，語尾愈來愈微弱了。「咦？難不成你聽說了什麼？」

「我聽櫻台的媽說了，大概全都知道了。」

「哎呀呀……」

「商店街發布戒嚴令，不讓那個叫重吾的，也就是我爸靠近這裡。」

「哎呀呀呀……」

又給大家添麻煩了。壽繪咕噥著，走出收銀台，打開冷藏櫃的門，取出餅湯溫泉沙士的瓶子。

「喏，喝吧！」

「我不要。」

「那我喝，不喝哪裡受得了。」

幾乎一口氣灌光整瓶沙士後，壽繪大大地打了個嗝。

「妳不會想要跟他復合吧？」怜對她投以懷疑的眼神。

「怎麼可能？我狠狠地、真的是惡狠狠地叫他滾得遠遠的，不准再來了。」

「妳是喝沙士喝醉了嗎？」

「我清醒得很。告訴你，我是不想說你父親的壞話，但用最委婉的說法，那個男人也是連當堆肥的資格都沒有、狗屎不如的東西。我不會流連在過去的。」

「妳說妳狠狠地叫他滾，是指年底的事嗎？」

可信度令人存疑，但怜還是繼續說下去。

「嗯。」

「他來做什麼?」

「不曉得,他擺出一副去年也來過的親戚叔叔嘴臉,一走進店裡,劈頭就說:『妳看起來過得不錯嘛!小孩呢?』我真是氣得七竅生煙,大吼:『關你屁事!虧你還有臉出現在我面前,我絕對不會讓你見伶!』結果鞋店的大嬸跟佐藤大哥他們突然全跑來了。」

不僅完全探聽不到敵情,還把自己人的情報全洩漏出去。原來那個男的就是這樣得知我的名字的。伶頹喪地垮下肩膀,總算明白了。

「昨天他也在車站前面。」伶說。

「不會吧!」壽繪雙手捧住臉頰,看不出是在恐慌還是在歡喜。

「然後呢、然後呢?他說了什麼嗎?」

「只看到他而已,我也跟媽討論了一下。不過,要是那個男的又來了,妳要馬上通知我吧！就算我在學校也沒關係。然後先別管店裡了，趕快向商店街的人求救。懂了嗎？」

「懂是懂啦……」壽繪噘起嘴，嘟囔道：「搞得好像颱風還是怪獸來襲。」

對了，我跟老媽應該也要加入商店街的〈危機管理群組〉比較好吧！怜在腦中的筆記本寫下這件事。

「他不是颱風或是怪獸，是狗屎不如吧？」他刻意嚴肅地質問：「妳到底是想趕走他還是不想？說清楚。」

「你呢？你不會想見他嗎？」

「一——點都不！」怜用幾乎快咬斷舌頭的勁道，斬釘截鐵地否認。

「好。」壽繪無力地點點頭。「就算他來，我也會把他趕走。」

「就這麼做。還有，我決定考大學。」

「咦？」壽繪猛地抬頭，立刻意會到，喃喃地說：「這樣啊！原來是伊都子姊啊！我真的是……」

見壽繪垂下頭去，陷入自我嫌惡的泥沼，怜也有些同情起來了。但要是在這時候驕縱她，很有可能又會得意忘形，再次傻呼呼地被那個狗屎不如男給拐去。

怜窺見壽繪除了「母親」以外、身為女人真實的一面，感到不知如何面對才好。感覺就好像熟悉的生物其實有道拉鍊，拉開拉鍊後，裡面冒出了一個滑溜溜的外星生物一樣。

最後怜選擇只留下一句：「等一下換我顧店。」便踩著粗重的腳步聲上樓去。但同時也陷入罪惡感，覺得自己似乎太冷淡了。

「歡迎光臨！」

結果怜在寒意侵襲的二樓走廊屏聲息氣，偷偷觀察壽繪的狀況，直到聽見她招呼客人一如往常的聲音。

七

春天到了。

櫻花在春假期間開了又謝，怜和同學們升上了高三。

校內學生們紛紛都在熱議：心平沒有留級，是不是該列入餅湯高中七大不可思議之一？

其實這是導師山本喜美香等教師們拚命補課，以及怜和丸山在〈帕拉伊索咖啡廳〉進行的魔鬼讀書會的辛苦成果。心平也暫停球隊練習，努力將英文單字、數學公式等等塞進腦袋裡，終於以超出及格分數幾分的水平，勉強通過補考。

心平的母親對怜和丸山感激不盡，在三月中旬的某一天，招待兩人參加森川家的晚餐。

心平家是一棟小巧的透天厝，位在通往海邊的斜坡上開發的住宅區。從客廳窗戶望出去，越過鄰家屋頂，可以看見大海。室內雖然有些雜亂，但那種「生活感」營造出舒適的空間。

心平的母親做了淋上起司的漢堡排，怜和丸山都續了白飯，大快朵頤。同住的心平的外婆包給兩人一千圓的紅包，似乎非常感謝他們將外孫拯救出困境。最後連一個人到博多赴任的心平的父親都透過SKYPE登場，向怜和丸山道謝。

這極盡殷勤的款待，讓怜和丸山惶恐不已。而心平本人一吃完晚飯就跑到客廳沙發去，跟妹妹菜花悠哉地看起電視來。好不容易塞進去的英文單字和公式絕對早就從腦袋裡漏光了。但本人完全不在乎的樣子，一邊看著綜藝節目，一邊幫坐在旁邊的菜花綁頭髮。

「這個髮型如何？」

心平拿起丟在沙發角落的手鏡給菜花看。

菜花不停地調整手鏡和臉的角度檢查髮型，滿意地點點頭。

「這個好。」

「那，明天早上哥再幫妳綁，妳先去洗澡。」

「好！」

菜花從沙發站起來，向坐在餐桌喝著飯後綠茶的伶和丸山點頭，便離開客廳。

「平常都是心平幫菜花綁頭髮嗎？」伶好奇地問。

「對啊！可是那丫頭最近變得很愛漂亮，要求一堆，很難搞。」

嘴上這麼說，但妹妹的依賴，似乎讓心平頗為自豪。

「我從剛才就很好奇，那個是……？」伶決定順帶再問個問題。

沙發座面上擺著一個手掌尺寸馬的埴輪*，用餐期間，菜花也一直寶貝地放在腿上，直到剛才去洗澡時才放下來。

「啊！這個嗎？」心平拿起那隻馬，拋過來給伶。「我用可以以烤箱烘烤的黏土做的，送給菜花。叫馬子。」

「你蘇我*氏啊？」

怜觀察手忙腳亂接住的馬子埴輪，和真正的埴輪一樣，似乎是中空的，比看上去更輕盈。還用顏料塗成褐色，以小洞表現的眼睛很可愛，馬轡等裝飾也完美無缺，是一個精巧的迷你模型。

「心平的手真的很巧。」丸山也從旁邊探頭看怜擺到桌上的馬子，佩服地說。

「就是做這種東西，考試才會不及格。」看著這一幕的心平外婆，嘆氣道：

「心平有很多擅長的事，卻沒有一樣是跟功課有關。實在可憐啊！奶奶我真是替他感到可惜……」

「是這樣沒錯啦！可是，奶奶妳先不要吵。」

---

*注：埴輪，是日本古墳表面排列的素陶器，有圓筒型和象形物兩種。

*注：蘇我馬子，（？—六二六）是日本飛鳥時代的豪族，為教科書上的知名歷史人物。

「為什麼？」

「妳那樣說，搞得我好像是驕縱的傻大少一樣，很丟臉吔！」

「好好好。」

怜好陣子沒來心平家了，總覺得一切都是老樣子。小學時他常來玩，在這裡吃點心吃飯。當時和現在，心平家都一樣熱鬧，家人都愛著心平。心平成績雖然老在及格邊緣徘徊，但對妹妹來說，他是個「無所不能的哥哥」；對外婆而言，也是「多才多藝、引以為傲的孫子」。事實上，心平在功課方面或許差強人意，但個性陽光、既細心又體貼，是個生命力滿點的生物。

怜覺得，之所以沒有女生喜歡心平，或許是因為大家都在學校。就像心平的外婆說的，在學校，評價基準很容易偏向以「成績」和「生活態度」為主。

把校園生活的熱情幾乎全部灌注在踢球和吃午飯上的心平，在同學們的認知裡，是「雖然人不錯，但是個大傻瓜」，也可以說他是對自己想做的事全心奉獻並且貪婪地追求。怜覺得這樣的人，事到臨頭才是最強大的。

怜認為自己算是勤勞的人，對於孜孜苦讀不引以為苦，對規則又算是順從，所以在校園裡才能當個模範生。換句話說，這也就是「組織方便控制的人」呢！不過，小小的伴手禮店沒有什麼組織可言，我是不是應該也效法心平，活得更狂野一些比較好？

可能是天生個性使然，老師交代功課，怜就無法忽視不管；食欲大概也是高中男生的平均值。就算想要跳脫規範，他甚至毫無頭緒到底該怎麼做。

附帶一提，怜的成績和生活態度都沒有值得一書的不良之處，卻和心平一樣沒有女生緣，他自我分析：一定是因為我這人一點都不有趣。

反過來看，和心平一樣致力於睡眠學習，而活得自由奔放的龍人，算是比較受女生歡迎的。怜分析是因為他擅長觀察對方的心理幽微之處，該強勢該退讓的時機拿捏得恰到好處的關係。

讓人喜歡上是件難事，雖然我也沒有什麼特別希望能愛上我的對象。那麼小丸呢？怜偷瞥向旁邊，丸山還在看馬子，眼神中似乎帶有一絲陰霾，讓怜有些掛意。

在包括洗完澡的菜花在內的心平一家目送下，怜和丸山踏上歸途。心平轉過來的手機畫面上，是SKYPE連線中的心平的父親，一樣目送兩人回家。

向心平一家揮手道別，彎過住宅區轉角時，怜脫口而出。

「好像遺照……」

「噓！」丸山立刻轉頭制止，停頓了一下後，他也忍不住附和道：「……我也有點覺得。」

怜和丸山對望，憋著聲音偷笑起來。

櫻花花苞仍又硬又小，但枝椏本身彷彿散發出幽幽的淡粉紅色光芒，就是這樣一個春季的夜晚。

♨ ♨ ♨

後來轉眼之間，櫻花盛開凋謝，怜升上三年C班了。

雖然只是粗略地分班，但C班是大部分同學都準備升大學的班級。丸山和藤島也是C班，導師和二年級一樣，都是關口太郎老師，讓怜感到十分踏實。

二年級的寒假結束後，怜表達要升大學的意願，關口老師非常替他開心。就算考上大學，要唸什麼系還不清楚，怜目前是打算進入經濟系。

能否學以致用在伴手禮店的經營上是個疑問，但怜確實一直很想深入瞭解經濟的運作原理。餅湯Q將吊飾在意想不到的客層大受歡迎、饅頭老是庫存過多等，要讓進貨配合人心浮動與流行，相當困難。瞭解理論，做為在現實中模索時的根基，或許也不錯。

並非已經決定要繼承伴手禮店了……。怜連忙對自己辯解說。只是，壽繪為了店裡的生意奮鬥的身影，確實影響了他選擇科系的決定。想到就算以後去別的公司上班，或是從事其他行業，或許還是可以為〈穗積伴手禮店〉的經營提供建議，就覺得有了目標，唸起書來也更有勁了。

至於壽繪，就算怜提供什麼建議，她絕對也會嗤之以鼻。只見她每天啃著賣剩的饅頭，以自己的步調顧店。收銀台旁邊的牆上，貼著怜放學路上去餅湯神社求來的〔生意興隆〕護符。

新年以來，重吾再也沒有現身。通訊軟體裡的〔危機管理群組〕最近也一片靜默，商店街的鄉親們似乎相當失落，顯得百無聊賴。怜盡量把那個據說是父親的男人的事從腦中驅離，和壽繪之間也不再提起。

而且他們家跟心平一家不同，怜和壽繪一起坐下來用餐的機會就只有早餐時間，至於那段時間的對話，都是：「為什麼吃掉我的炸雞！那是我要裝便當的！」「昨天晚上肚子餓，忍不住拿去微波……」「妳就是這樣，才會胖到把腰壓斷！」「吵死了啦！幫你微波小香腸，裝了便當快滾去學校！」是一點都不溫馨的餐桌，對話也毫無建設性。

就這樣，怜在商店街和櫻台的家來來去去，過著一如過往的生活。若說到變化，只有顧店時會在櫃台打開參考書而已。客人少成這樣，實在教人不安，但可以專心唸書是個好處。

同樣準備唸經濟系的藤島，為沒有上補習班的怜設想，帶給他各種參考書資訊，幫助很大。丸山上繪畫教室的次數似乎增加了，C班緩慢地進入備考模式。

龍人編到三年A班，心平B班；AB班的學生多半都是畢業後準備直接就業或就讀專門學校。

B班導師也和二年級一樣，是山本老師。再次教到心平的山本老師，不曉得是否因為過度勞心勞神，整個人看起來有點縮水，學生們都很擔心。當然心平完全不認為自己有責任，在足球隊盡情地把順利升級的喜悅發洩在踢球上。

至於龍人，他沒辦法跟C班的愛美讀同一班，似乎疑神疑鬼起來。

「這是不是老師們在陰謀拆散我們的感情？」

「愛美要考大學，你們當然不會同班啊！」這是愛美的朋友、倒楣跟龍人同樣編到A班的新田朋香的說法。「唉聲嘆氣，搞得像生離死別一樣，看了就煩！」

事實上，小倆口放閃的程度變本加厲，讓人覺得他們真的應該生離死別個一天還差不多。兩人的通訊軟體叮咚響個沒完，在校內也整天牽手，或一起消失在空教室裡。

即使龍人的陰謀論完全是被害妄想，他會陷入這種思維，也是有無可厚非之處。怜稍微寄予同情。

因為龍人的父親對龍人與愛美的交往十分反感，不僅如此，態度還更加強硬。現在整個商店街的人都知道，〈佐藤乾貨店〉的父子已經幾乎不說話了。龍人會暴躁不堪，陷入《羅密歐與朱麗葉》劇場，也不是無法理解。

這回父子爭吵的原因，是情人節。龍人把愛美送的手工巧克力寶貝地冰在冰箱裡，結果打烊後渴望糖分的龍人爸，竟不小心把它給吃下肚了。到這裡或許都還是常有的事，不過愛美的巧克力硬到不行，害龍人爸咬斷了門牙。

只是在冰箱裡冰了一兩天，就硬到媲美金鋼鑽的巧克力，到底是什麼鬼玩意兒？怜不禁納悶。

總之，龍人爸氣炸了。

「這是你女朋友做的嗎!?根本不是巧克力，是武器了吧！」

「誰准你給我吃的，臭老爸！」龍人也不甘示弱。

此後，父子進入了一觸即發的狀態。甚至有傳言，陳列在店面的乾貨，都因為恐懼而乾得更透了。來〈穗積伴手禮店〉串門子的龍人媽，向壽繪埋怨：「父子倆都在那裡胡搞瞎搞……」所以怜才會得知詳細內幕。這可說是，巧克力硬化所引發的態度硬化之悲劇。

當然，愛美不認為自己有責任，午休和放學後都與龍人盡情地你儂我儂。〈佐藤乾貨店〉的氣氛再糟下去，乾貨可能會縮成鑰匙圈尺寸了。

「龍人他爸好像被巧克力弄斷牙齒了。」

怜煩惱之後，決定偷偷對愛美說。

「咦？真假？硬成那樣喔？」

愛美如此一笑置之，那天真無邪的笑容，讓怜一瞬間懷疑是否正如龍人爸所說，愛美其實是元湯派來餅湯的刺客、終極武器。

然而下一秒，愛美嘆了口氣，壓低了聲量。

「我是很想去道歉啦！可是龍人說：『沒必要跟那種死老頭說話！』完全不肯讓我見他。」

怜反省自己多嘴了，連忙補了句算不上打圓場的話。

「龍人他爸牙齒很脆弱，所以特別頑固啦！抱歉，別放在心上。」

除此之外，春季大致上悠哉和平。

在校舍屋頂吃午飯的慣例也復活了，就像被和煦的陽光引出巢穴的熊一般，怜和朋友們從各自的教室前往屋頂集合，圍坐成一圈，打開便當或福利社買來的麵包。溫暖的季節再次到來，怜的遺蹟便當也逐漸接近恰到好處的解凍程度。

罩著淡霧的空氣另一頭，餅湯的大海像白銀般閃爍生光。

眾人填飽肚子後，喝起丸山用保溫瓶裝來的飯後咖啡，怜最近也漸漸能品嚐出黑咖啡的美味了。陽光照耀下，屋頂的混凝土地面暖得恰到好處，屁股熱烘烘的，誘人昏昏欲睡。心平躺了下來，似乎打算開始正式午睡；丸山和藤島幫忙把心平亂丟的麵包空袋和牛奶紙盒撿進塑膠袋裡；龍人的手機不斷地演奏著收到訊息的通知鈴聲。

「對了，我發現一個讓人在意的東西。」藤島說。

靠在欄杆上打盹的怜，聞聲睜開眼睛，只見藤島從制服褲袋掏出手機，滑了幾下，遞到眾人圍成的圓圈中央。除了仍在夢鄉的心平以外，眾人都探出上身看向螢幕。當看到上面的照片，丸山把臉湊得更近了。

「是繩文式土器。」

「嗯，昨天晚上上傳到拍賣網站的。」

「你還有在看喔？」龍人以欽佩和傻眼摻半的口吻，訝異地說：「哪像我，早就把土器忘得一乾二淨了。」

這有什麼好得意的？怜暗自吐槽，卻也沒資格說龍人什麼。新年去博物館時，他為心平製作土器的技術咋舌不已，並對館方草率的土器失竊對策大感不解，但隨著時間經過，印象也逐漸薄弱，這陣子幾乎都沒上網查看有沒有贓物被變賣。

手機畫面上的土器，有著波浪般起伏的邊飾，一看就是繩文式土器。說明寫著〈狀態良好，完整無缺的珍品〉，價格是〈八萬圓含運〉。

藤島點選從各個角度拍攝土器的其中一張照片放大。

「賣家也上傳了土器底部的照片，你們看。」

在藤島催促下，伶等人瞇起眼睛注視照片。照片解析度很差，愈是擴大，整體就變得愈像馬賽克，彷彿猥褻照片。不過，土器底部看上去確實像是嵌了一個白色的東西。

「這是……！」伶忍不住抬頭。

「藤島，你怎麼能這麼冷靜！這該報警吧！」龍人大叫。

「心平，起來！快醒醒啊！」

丸山驚慌失措，搓揉躺在地上的心平的肚子。

「嗯啊……幹麼啦路人！」心平直起身體，迷迷糊糊地說：「比腹肌的時間到了嗎？」

「不是啦！快點看！」龍人從藤島手中一把搶過手機，伸到心平眼前。「怎麼樣？這是你做的土器嗎？」

心平揉了揉眼睛，仔細看了看照片。

「完全就是打碼的A照嘛！」

怜也有同感，卻忍不住垮下肩膀。關鍵時刻，心平總是派不上用場，好在藤島滴水不漏。

「我就知道會這樣，所以傳訊息跟賣家說：『希望可以上傳解析度更高的照片。我有購買的意願，想確定一下邊緣的裝飾，和底部有沒有缺損或破洞。』」

「真不愧是少東！」

「你乾脆買下來，擺在藤島旅館的大廳好了！」

眾人紛紛讚賞。

「等賣家上傳照片，我會立刻連絡心平，你再轉告一下館員。」藤島說，拿著龍人還給他的手機，擔憂地交抱起手臂。「可是就算要報警，有什麼方法可以證明這本來是博物館裡的收藏呢？光是主張：『這裡有我嵌上去的貝殼喔！』實在很薄弱，或者說，會招來多餘的混亂吧？」

「沒問題的！」心平自信滿滿地打包票。「因為被混進真貨裡面收藏，所以博物館都有拍照量尺寸。現在當成誘餌展示在博物館的我做的土器，也都為了預防再次被偷，全都拍好照片了。」

「這一點也令人介意，不過……」怜插口說：「就算這次上傳賣場的土器真的是心平做的、是去年餅湯博物館失竊的東西，應該也不會有什麼問題。因為博物館並不是出於惡意，而是不小心拿錯，才會把假貨拿來展示。可是如果以後又有土器失竊，那個館員……呃，田岡先生是嗎？他不會被追究責任嗎？要是被發現明知道是假的，卻當成真的展示，而且還是為了釣小偷上鉤……」

「這也沒問題。」心平挺胸保證。「新年跟大家一起去博物館以後，我又跟田岡先生討論了一下，決定如果又有土器被偷，就在打電話報警之前，先在名牌貼上小小的『複製品』貼紙就行了。」

「你們才是壞人吧！」

「都不考慮一下以為是來參觀真品的遊客心情嗎？」

眾人七嘴八舌地唾罵。

「不是假清高的時候了，這是為了保護珍貴的文化財產吔！」

心平發飆地反駁。

就在一股「說的也是」的信服氛圍，即將彌漫屋頂時——

「餅湯博物館的土器收藏……」一直沒吭聲的丸山，辛辣地指摘說：「比起珍貴的文化財產，感覺心平的勞作還比較多呢！」

「是這樣沒錯啦！不過，總之沒問題。」心平強而有力地豎起大拇指。「為了執行作戰計畫，田岡先生計算過，從新年之後的三個月之間，每天入館的遊客平均只有四個人。而且就田岡先生和清潔阿姨注意到的範圍內，沒有半名遊客在土器區停留十秒以上。喏，沒問題對吧？根本沒有人要看什麼土器！」

「不准你這樣抹黑土器！」

「問題才大好嗎！這博物館真的不會倒閉嗎？」

一陣怒吼的暴風雨掀起。

這時，藤島冷靜地再度開口

「啊，賣家重新上傳照片了！」

眾人更加激動了。

「我看我看！」

「是說藤島你怎麼能這麼冷靜啦！」

眾人同時把頭伸向手機小小的螢幕，發生多起額頭撞擊事故。不過都沒有人退縮，爭著觀看賣家新上傳的土器底部照片。

「欸，你們看！」

「賓果！」

土器底部千真萬確鑲嵌著，心平兒時在餅湯海岸撿來的貝殼。

「我打電話給田岡先生！」

心平拿著自己的手機就要站起來，龍人扯住他的褲腳制止。

「慢慢慢，我有個想法！」

「我不想聽。」伶連忙說。

因為龍人的臉上浮現邪惡的笑意，讓伶有了不祥的預感。

「就算報警，也不一定馬上就能抓到竊賊，對吧？」龍人當然不理會伶，繼續出餿主意。「我們自己也同時並行，採取行動吧！」

「怎麼說？」丸山斯文地歪著頭問。

「難得博物館展示了圈套用的土器，我們把竊賊引誘過來，親手逮到他，如何？如果警方在這之前先抓到人，那也一樣皆大歡喜。」

「原來如此。」心平再次坐回混凝土地面。「可是，要怎麼做？」

「現在展示的心平的土器，是什麼花紋跟裝飾？」藤島問。

「喂！」怜沒料到常識派的藤島竟會支持龍人的提議，驚慌制止。「你們是要做出引人犯罪的事嗎？」

「竊賊盯上的應該不只有餅湯而已，而是從各地的博物館偷走土器變賣。這種卑鄙的傢伙，必須繩之以法才行。」藤島說著，開始在手機輸入文字。「心平，展示的是怎樣的土器？」

「主要是有波浪裝飾的土器，比較有特色的，是邊緣有山豬裝飾的，應該也跟被偷的土器一起展示過。」

「山豬啊……不過，描述得太明確，可能會引起竊賊的警覺。有動物裝飾的土器很常見嗎？」

「嗯，滿多都有蛇的裝飾吧！」

「好。」

藤島點點頭，默默動手打字，片刻後，讀出輸入訊息欄的內容——

「『感謝您上傳照片。商品狀態極佳，但並非我尋覓之物，這次機會就讓給別人好了。若有山豬或蛇形裝飾的土器，且狀態跟這件一樣好，我會非常想要收藏。我會繼續關注貴賣場，感謝。』這樣如何？」

「一點都不像高中生的口氣。」

「大叔味好重。」

「竊賊應該會馬上跑去偷吧？」

眾人紛紛表達感想。

「說『鉢形土器』或許比較內行。」

聽到心平的指摘，藤島再次修改文字。

「『若有山豬或蛇形裝飾的鉢形土器』……」接著點下畫面：「送出。」

事情是不是一發不可收拾了？怜的感受很奇妙，覺得既可怕又興奮期待，忍不住摸了摸心臟的部位。偷偷觀察其他人的反應，感覺應該會最為驚慌的丸山意外地平心靜氣。

心平叫藤島把商品網址傳給他，寄到博物館的電子信箱。然後順便打電話給田岡，告訴他發現贓物，並提醒他開館時間要加強戒備。

「好，白天請田岡先生和清潔阿姨努力戒備，晚上暫時由我們輪班監視博物館！」龍人果斷地分派任務。「兩人一組好了。我先來，另一個……」

「我我我！」明明還在通話中，心平卻起勁地舉手。

我的朋友們，沒有半個人知道什麼叫做深思熟慮？這一刻怜已經死了心，再次憑靠在欄杆閉上眼睛。算了，順其自然吧！

♨ ♨ ♨

然而沒想到，心平從監視行動中被除名了。因為在屋頂上策畫陰謀的當天下午，他的右手中指和食指骨折了。

至於怎麼會骨折——

放學後努力投入足球隊練習的心平，在操場慢跑時，一時興起想惡作劇，偷偷溜近棒球隊守備練習中防守右外野的龍人背後，以渾身之力使出「爆菊」戳肛技，結果反而折斷了自己的手指。

骨折的理由，只能說教人脫力。

『所以今天晚上我們一起去博物館吧！』

接到龍人電話的怜，回了一句：『免談！』接著用爆菊的力道點螢幕切斷通話，繼續在〈穗積伴手禮店〉的二樓準備晚餐。

附帶一提，被保健老師開車送去醫院的心平，把博物館通行口的鑰匙託付給龍人後，留下的遺言似乎是「你屁股硬爆了。」

骨折應該痛到爆的心平固然令人同情，但怜一個人吃著晚飯，一想到爆人家菊花反而折斷自己的手指，好幾次忍不住爆笑出來。這年頭就連小學生都不流行這招了吧？他忍不住感動。傻到家的傢伙們，真的會帶給周圍無限歡樂。

和壽繪換班顧店，正要打烊時，用洗臉盆裝著肥皂毛巾的丸山走了過來。

「嗨，小丸。你聽說心平的事了嗎？」

「聽說了。」丸山不知為何一臉悶悶不樂，淡然地說：「龍人找我一起去博物館，我拒絕了。」

「我也是，別管他們了啦！」

「嗯……」

「怎麼了？出了什麼事嗎？」

「沒事……」丸山無力地搖了搖頭，片刻後，振作起來似地故作明朗地提出邀約：「要不要一起去澡堂？」

怜已經吃完晚飯，也在家洗過澡了，但還是欣然同意。

「好啊！等我一下。」

說完，他火速跑上二樓，準備好洗澡用品，再次跑下樓。

丸山抱著臉盆，在店門口有些垂頭喪氣地站著。

怜把鐵捲門拉下一半，跟著丸山一起走向商店街中央處。

〈餅之湯〉是一家又舊又小的公共澡場，只有一個浴槽，泡上五、六個人就擠滿了。由商店街的居民輪流清掃管理，勉強維持營運。當地居民只要出示證明，一次只要一百圓，觀光客也可以用一次三百圓的價格入浴。

由於是接溫泉水，泉質良好，許多附近的長者都說：「不來泡一下湯，感覺一天就不算結束。」長年利用〈餅之湯〉的老奶奶們，確實以年齡而言，皮膚都十分光滑水嫩。這樣的當地老奶奶們在商店街顧店時，也會向觀光客宣傳「餅湯」的功效，因此說服力十足。

最近也有不少觀光客從旅館或飯店退房後，會在回程過來〈餅之湯〉泡個澡。

貼磚浴槽、附舊式水龍頭的狹小洗澡處、二樓鋪榻榻米的休息區和檜木格狀天花板等等，據說這些懷舊的景觀因為「可愛」而大受好評。

不過，怜和丸山去到〈餅之湯〉時，可能是再三十分鐘就要打烊的關係，男湯沒有其他客人。打開門口的拉門後，右邊就是約兩帖榻榻米大的辦公區，繳錢給在那裡閒閒沒事看電視的五金行大叔後，將鞋子收進鞋櫃裡。

迅速洗完頭髮和身體，一起泡進浴槽裡，自然而然地發出「呼……」的嘆息聲。這裡的湯是無色透明的，並帶有些微海潮香，舔起來有點鹹。

「泡過〈餅之湯〉的晚上，有時候睡覺腳都會癢癢的。」

怜看著浴場迷濛的蒸氣說道。

「我也是，是因為血液循環變好的關係嗎？」

「明明看起來就是普通的熱水。溫泉真是神祕呢！」

對話中斷，怜不著痕跡地偷瞥旁邊的丸山。只見丸山盯著倒映著燈光的盪漾水面，柔軟渾圓的耳垂被熱氣薰得微紅。

一陣沉默之後，丸山靜靜地開口。

「……我啊，真的好討厭自己……」

「怎麼了？」

「你知道心平要考美大的事嗎？」

「第一次聽說。」怜吃了一驚，在熱水中轉向丸山。「現在才準備來得及嗎？素描那些不是很難？」

「山本老師好像也很驚訝，問了我跟美術的林老師很多問題。」可能是想起了山本老師驚慌的樣子，丸山輕笑了一下。「我把我去上課的山腳下繪畫教室介紹給他。心平因為要球隊練習，只有週末才能去上課，而且還是初級班，可是素描進步飛快。」

「還要考學科吧！那傢伙在想什麼啊？」

「學科那邊，我們再幫他特訓一下就好了。」丸山的態度徹底大方。「你之前也看到心平用粘土做的馬的埴輪吧？我真的痛感到，天賦或許就是這麼回事。」

「難不成心平是想起做土器很快樂，才會說什麼想要考美大嗎？」

「我是沒問，但應該是吧！比起繪畫，他好像對陶藝、雕刻那些立體創作更有興趣。」

丸山從熱水裡伸手往臉上抹了一把，接著用手掌拍了兩下水面，就像在享受表面張力。那動作卻讓怜感受到丸山難得一見的煩躁。

「可是，你怎麼會覺得自己很討厭？」怜怯怯地問。

「聽到心平的手指骨折時，」丸山低沉沙啞地說：「我第一個念頭是：『那他暫時沒辦法練習素描了。』內心竟然竊喜，希望他就這樣厭倦準備考美大。」

怜聞言，一時說不出話來。這樣啊！小丸在嫉妒心平，可是他對嫉妒心平的自己厭惡得不得了。

怜想起二月校慶時丸山展示的畫作。丸山一直在畫的那幅油畫，原本畫的應該是餅湯城和蔚藍的大海，卻在怜蹺掉社團活動的期間，那幅畫變成了夜晚的大海，與幽幽浮現在山頂的不祥廢墟。畫布上，從黑暗滲透而出的暗紫色，波濤洶湧翻騰。當時怜還悠哉地想：小丸突破了新境界呢！但那也許是丸山對自己感到不安與焦慮，而呈現出來的狂暴心象風景。

至於怜，只是在畫紙上隨便抹了些顏料，宣稱是抽象畫，矇混過關。

「你一直都往認真在畫畫，以美大為目標，因此會有這種念頭，是天經地義的反應吧？」

「可是心平骨折了吔！是重傷吔！就算只有一下子，我竟然覺得開心。我這人真是爛透了。」

「呃，他骨折的原因是，爆菊……」

怜設法想要讓丸山心理上輕鬆一些，拚命安撫。

「沒關係，怜。」丸山說著，站了起來，走出浴槽。「總之，我只是想告訴別人自己有多差勁而已……」

說到這裡，丸山忽然在沖澡區蹲了下來。

「小丸!?」

似乎是泡過頭了。

怜慌忙跳到沖澡區，〈餅之湯〉沒有蓮蓬頭這種時髦玩意兒，因此他用臉盆從水龍頭汲來涼水，從丸山頭頂澆下去。

「小丸，振作點！叔叔，請你來一下！」

怜和五金行叔叔合作，把丸山抬到脫衣處，用叔叔拿來的出租浴巾裹住丸山，讓他躺在木板地上。怜和叔叔一起用團扇為丸山搧風，片刻後，丸山恢復了意識。

「小丸，你沒事吧？」

「嗯，抱歉，突然頭暈。」

「太好了！不可以泡太久啦！」叔叔請怜和丸山喝餅湯溫泉沙士。「休息一下，再回去吧！」

叔叔熄掉店門口的燈，放掉浴槽的熱水，便開始刷洗。

怜腰上纏著自己帶來的毛巾，蹲在丸山旁邊。丸山也坐起身來，兩人在脫衣處慢慢地啜飲著冰涼的沙士。

「又有那種感覺了。」丸山唐突地喃喃道：「就好像死掉之後一樣。」

「呃……你不舒服嗎？」怜提心吊膽地問。

不只是身體不舒服，是不是連腦袋都出問題了？

「沒事，反而心情爽快多了。」丸山平靜地說：「這種時候，有時會有種很奇妙的感覺。就好像我老早就已經死了，是在另一世界，回想生前像這樣和你邊喝沙士邊聊天。」

「是喔？」

「你不會這樣嗎？」

「好像，不會吔……」

在站前廣場遇到重吾時，他覺得彷彿周遭的一切都遠離而去，自己掉進了冰冷寂靜的死後世界。然而丸山說的，應該和那種感覺不一樣，是更親密、充足而溫暖的感受。

小丸果然很纖細。怜暗自佩服。想到自己也存在於小丸感受到的擬死後世界，一股神祕的充實感讓他的指尖溫暖起來，雖然也有可能只是單純的溫泉效果。

投射出黃光的電燈泡在天花板滋滋作響，餅湯有許多照明都不是LED燈。

「我不認為你有什麼差勁的，反而覺得你是個很棒的人。」雖然靦腆，但怜還是硬著頭皮說出來。「不管是以前，還是聽到你說要考美大的事以後。」

對怜來說，實在不可能強烈地渴望唸經濟系，到甚至去嫉妒別人。丸山對繪畫的熱情，那種深藏在內心的波濤，讓怜覺得十分耀眼。

丸山懷抱著這樣的熱情，在得知心平那有如青天霹靂的報考美大決定後，卻還能誠懇地協助心平、認同他的才能，並認為自己的想法醜陋，陷入自我厭惡。丸山的這種溫柔與誠摯，只讓怜覺得欣賞，不可能有任何反感。

「是喔……？謝啦！」

丸山害臊地說，一口氣喝光了沙士後，打了個小嗝。

♨ ♨ ♨

心平骨折的原因，傳遍整間餅湯高中人盡皆知，他的身價益發跌破谷底，但本人依舊活力十足地參加隊上練習。

「幸好我是足球隊的，練習不必用手！」心平樂天地說。

「快點治好骨折，再幫菜花綁頭髮吧！」

午休聚在屋頂上時，丸山體恤地說。

那是發自真心的鼓勵，令怜鬆了一口氣。

聽說心平還是被母親斥罵：「你給我安分一點！」晚上似乎無法溜出家門去博物館。據他證實：「我媽的監視媲美網走監獄＊。」

藤島忙著幫忙家裡的旅館，怜和丸山則是能閃就閃，龍人顯得很不滿。

「萬一就在大家遊手好閒的時候，山豬土器被偷了怎麼辦？」

「田岡先生說他等不及了。」心平開朗地報告進度。「已經在牌子貼上『複製品』的貼紙。」

「真假？那竊賊來勘察時，不會想說：『什麼啊！竟然是複製品喔！』而放棄偷土器嗎？」

怜擔心作戰的前提會不會崩壞。

「應該不會。」藤島冷靜地分析道：「對竊賊來說，土器是真是假並不重要，

＊注：網走監獄，是日本明治時代的監獄，位於北海道，有「全日本最可怕的監獄」之稱。

只要賣得出去就行了。就算博物館標示是『複製品』，只要有需求，就算是複製品也照偷不誤。如果竊賊有鑑定真假的能力，更是如此。畢竟那個在找山豬土器的客人，就算看到底部嵌著貝殼的土器照片，都沒發現是假貨了。這要是我，就會覺得那是隻好騙的肥羊。」

「原來如此，確實是這樣呢！」

藤島是不是意外地適合幹壞事啊？怜不曉得該佩服還是戰慄才好。

「心平，警方有行動嗎？」

「嗯，田岡先生已經報警了！他給刑警看了網頁跟博物館的收藏品資料，說明是館裡的贓物，警方說會調查。」

「萬一被發現山豬留言是我寫的，會不會怎樣啊？」

藤島仰望著明媚的春季天空，問道。

「那是餅湯警察署，不會查那麼細啦！」龍人悠哉地說：「萬一真的被抓包，就堅持說：『我是在找要擺飾在旅館大廳的土器。咦？這個賣家上傳的土器是從餅湯博物館偷來的嗎？我不曉得吔！好巧喔！』」

最好有人會信……。怜在內心吐槽。不過，當場就能想到這種藉口，看來龍人也很有幹壞事的天分。這裡全是壞人！怜不禁興起世風日下之慨。

「之前的失竊案都發生在白天，所以現在田岡先生和清掃阿姨都會偷偷觀察入館者，卯起來準備一發現行跡鬼祟的人，就立刻報警。」心平頓了一下，忍不住抱怨說：「要是我的手指沒骨折就好了，都是龍人的屁股害慘了我。」

「看我棒球鍛鍊出來的屁股威力！」龍人自豪地仰天大笑。「不要再幹爆菊這種蠢事了！」

「希望竊賊快點落網。」丸山溫和地說。

當天晚上，打烊後怜正在自己房間對桌唸書，倏忽聽見小石頭丟到窗戶的叩叩聲。開窗一看，龍人正站在商店街路上，瞄到旁邊的自行車，怜就領會了。

「我可不去。」

「為什麼？來嘛！」龍人笑著招手。「如果竊賊要下手，絕對是今天晚上。」

「為什麼？」怜顧忌吵到鄰居，壓低了音量。

「因為明天是休館日啊！竊賊會想這樣一來，竊案就會更晚才曝光。」

你就是竊賊吧？怜一陣頭暈。龍人對壞事的腦筋怎麼這麼靈光？

龍人笑咪咪的，耐性十足地站在那裡等，最後怜放棄掙扎。他從以前開始，就拗不過這個兒時玩伴。龍人有著太陽般的引力，偶爾會做出讓人跌破眼鏡的事，總是讓怜覺得必須跟在一旁顧好他才行。

怜躡手躡腳溜出家門，跨上自行車，應該可以在午夜前抵達餅湯博物館。

和過年那時不同，迎面而來的風暖洋洋的。彼此默默無語地騎著自行車經過海岸道路，登上餅湯城的山丘。這次龍人也一起下了自行車，默默推車上坡。

「等一下，難道之前你都一個人在監視？」

看著龍人把鑰匙插進博物館通行口的熟練動作，伶狐疑地問。

「也不能只讓田岡先生和阿姨勞累，晚上任由這裡唱空城計啊！我把睡袋搬進辦公室，天亮再回家。」

藤島在拍賣網站發現贓物以後，今天是第四天。這段期間，龍人好像每天晚上都在博物館監視，還參加棒球隊練習，並幫忙乾貨店的生意。就算他把上課時間都拿來進行睡眠學習，也未免太體力魔神了。

「那，你說今天晚上竊賊會來下手，是信口開河？」

「不，連夜監視之後，我的直覺告訴我，絕對就是今天晚上。」

「根本是亂槍打鳥吧……」

伶傻眼，跟著龍人走進辦公室。房間角落丟著一個睡袋，活像褪下來的殼，四周圍繞著漫畫雜誌和吃到一半的零食等等，看得出龍人已經在這裡築起一個巢穴了。對於白天上班的田岡先生和清掃阿姨來說，一定是個大麻煩。

龍人從辦公室冰箱任意抓出一瓶二公升裝的可樂。

「你根本住這兒了吧？」

「飲料我買的，甭客氣。」

龍人又一副自己的東西的態度，遞過來一只白色馬克杯，上面印刷著褐色的繩文式土器。

博物館的商店長年來都門可羅雀，銷不出去的商品似乎在後場受到活用。設計很素，不太能勾起購買欲望。怜覺得印上餅湯Q將圖案，是不是還更有吸引力？

怜和龍人隔著長桌坐到折疊椅上，喝起可樂，圓型壁鐘的指針遲遲沒有移動。

「我對秋野說了不該說的話。」怜說。

「什麼話？」龍人靠到椅背上。

「說巧克力硬掉，呃……」

「哦！她到了最近才突然問我巧克力是不是很硬？原來是這個原因啊！」龍人打開從巢穴裡撿起來的漫畫雜誌，顯得一派輕鬆。「我跟她笑說：『沒我的屁股硬，別在意！是我爸牙齒太弱。』沒事啦！」

「那就好……欸，你爸到底不喜歡秋野哪一點呢？雖然她做的巧克力或許是硬了一點。」

「愛美才沒有錯。再說，他們根本沒見過，我爸不可能知道她好還是不好。」

「那，為什麼……」

「他就是死性子啦！我那臭老爸，年輕時好像被元湯的女人狠狠甩過。」

「咦？是這樣嗎？」

怜有些困惑，無法將凶悍的〈佐藤乾貨店〉老闆跟男女戀愛連結在一起。

「嗯，那女人後來好像結了婚，搬去其他地方了。這是我媽說的。」

「咦！連你媽也知道這件事？」怜更加不解了。

「當然知道啊！我媽娘家是餅湯商店街的魚店吔！壽繪阿姨八成也知道吧？」

「一點隱私都沒有嘛……」

「是嗎？其他地方會更有隱私嗎？」

「我覺得，至少不會像這樣連祖宗八代的事都一清二楚。」

怜想起櫻台的生活，因此這麼說。感覺伊都子並不清楚附近住戶的詳細背景，就連住在大宅的慎一到底是什麼來歷、跟伊都子是什麼關係，怜都懵懵懂懂。

「父母為什麼會這麼莫名其妙呢？」龍人難得嘆息道。

心平跟小丸的父母好像都非常正常，而且個性圓融……。怜這麼想，卻也打從心底認同。

「就是說啊！」

這時，後方停車場傳來汽車引擎聲，不一會兒，開始有人試圖從外面打開通行口的門鎖。

「來了！」龍人說完，迅速把手伸向牆上開關，熄掉燈光。

通行口的門把被粗魯地轉動，但門還沒有被打開。如果持有合法的鑰匙，絕不可能有這種情形。龍人猜對了！可能是因為白天不好下手偷土器，所以竊賊真的趁夜前來了。

「龍人，怎麼辦？」怜心跳加速，在漆黑的辦公室低語。

手機蒼白的畫面亮起，播打一一〇的龍人急著說明情況。

『我在餅湯博物館的辦公室，有人想要撬開後門侵入裡面。不曉得有幾個人，所以我先躲了起來。請你們快點派人過來。啊！我嗎？我叫佐藤龍人。好，我會先保持通話。』

說著說著，手機燈光熄滅，怜急忙取出自己的手機充當光源。龍人站了起來繞過長桌，抓住怜的手臂，打開辦公室裡幾道門當中的一道；是廁所門，裡面很小，一打開就是馬桶，空間僅容一人。

怜和龍人一同擠在廁所裡，在關上門的瞬間，傳來通行門被打開的聲音，有人從通道走近辦公室這裡。

『進來了。』龍人對著手機，幾乎是以氣音說：『我先不說話了。』

一放下電話，辦公室的門就被打開了。侵入者的氣息變濃了，而且不只一人，有好幾個。

龍人放開怜的手，小心翼翼地把廁所門打開一條縫，疑似侵入者手持的手電筒燈光在門縫另一頭閃動著。龍人屏息把眼睛貼在門縫上，觀察他們的動靜。

不知不覺間，怜反過來用力抓住龍人的手。不知道是愈來愈激烈的心跳還是顫抖，導致視野跟著微微晃動，令人困擾。

八

這下是不是窮途末路了？怜不禁怨恨地心想。

餅湯博物館占地頗為寬廣，他覺得應該逃向展示間，躲在大廳的遊客廁所才是對的。但現在因為躲進辦公室廁所裡，變得就像「前門有虎，同門又有只會反射性行動的龍人」，搞得進退維谷。

明明怕得要命，不曉得究竟會怎麼樣，卻不由自主想要掌握狀況，這種感覺實在奇妙。怜從背後壓上龍人，試圖窺覷室內。他越過受到壓迫，有點半蹲的龍人的頭，伸長了脖子把臉湊近門縫。

侵入辦公室的人有三名，從人影來看，都是年近三十的男子。

「喂，門鎖了嗎？」

其中一個領頭戴黑色棒球帽的男子，壓低了聲音。

「啊！沒有。」

推著空的手推車殿後的男子手足無措地應答。

「白痴，去鎖起來。萬一警察來的話，就沒法擋住他們了。」

棒球帽男子似乎是首領。

手足無措的男子把手推車留在原地，匆匆返回通行口。

「那傢伙實在沒用。」棒球帽男子嘆氣。

「遇到緊急狀況，丟下他跑掉就是了。」

第三名男子用手電筒照亮室內各處，笑道。

光圈掃向廁所時，怜和龍人連忙躲到門後。馬桶一瞬間被照亮，立刻又沉入黑暗中。怜擔心心跳聲會不會被聽見，結果跳得更劇烈了，他小心地調勻呼吸。

就在這時——

「不會有人在裡面吧？」

手電筒男子乍然問道。

怜險些「噫」地叫出聲來，龍人反射性地摀住他的嘴，才化解了危機。不，不只是嘴巴，連鼻子都被摀住了，這次怜陷入了窒息的危機。「我知道了、我知道了，我不會出聲！」怜微微點頭傳達意志，汗濕的手掌才放開。不過，一想到龍人也在緊張，心情稍微平靜了些。

黑暗的廁所中，怜和龍人在極近的距離交換眼神後，再次毅然把眼睛湊向門縫。怜握緊了拳頭，準備要是侵入者朝廁所走來，就跟他們拚個你死我活。

棒球帽男子和手電筒男子不是看向怜和龍人躲藏的廁所，而是辦公室的長桌，桌上擺著可樂喝到一半的土器圖案馬可杯。

怜和龍人用心電感應互傳『怎麼辦啦？』『什麼怎麼辦，就沒想這麼多啊！有什麼辦法！』彼此肘擊對方。

「下班前怎麼不收拾一下，真懶散。」棒球帽男子咒罵道：「看到有東西亂丟，我就渾身不舒服。」

手電筒男子朝長桌走近一步，雖然可樂的氣原本就消了大半，或許還有些氣泡。侵入者似乎都戴著黑手套，就算摸到馬克杯，也可能感覺不到冰涼的溫度，但要是仔細觀察冒泡的液體就完蛋了，會被發現剛剛還有人坐在長桌邊。

怜忍不住在胸前合掌，腦袋一隅，思緒莫名清晰的部分兀自驚奇和感動。明明沒有信仰，事到臨頭竟會不由自主做出這種動作呢！

此時——

「我關好了！」

提心吊膽男子回來了，手電筒男子的意識從馬克杯被轉移開來。

「好，走吧！速戰速決！」

棒球帽男子說完，打開通往展示間的門，三名侵入者消失。

聽著提心吊膽男子推的手推車聲音遠離後，怜和龍人仍好陣子不敢動彈。說是好陣子，頂多應該也只有二十秒左右，感覺卻漫長無比。

『竊賊有三個人。』龍人小聲地對著和一一〇保持通話的手機報告。『我會把面對停車場的門鎖打開，請你們從那裡進來。他們也有可能突破正面入口逃離，所以那邊最好也派人守著。那，我繼續保持通話，先不說話了。』

「警方還沒有來嗎？」怜無法壓抑焦急地問。

「噓！人家在聽，你不要在這裡批評警察啦！」

「又不是批評，只是在確定事實。」

「怜，你可以去開一下通行口的門鎖嗎？」

「你可以聽一下人家講話嗎？」

「你才是沒在聽我說。不把門鎖打開，警察就進不來了。快點、快點！」

「吼……」

怜靜悄悄地打開廁所門，只探出一顆頭窺看辦公室。三名侵入者去了展示間，目前似乎沒有要回來的樣子。

「可以是可以，那你呢？」

「我躲在這……咳咳，我預備如果他們折回來，就鎖上辦公室跟展示間之間的門，充當防波堤。」

「屁啦！你剛才明明想說你要躲在這裡，對吧？」

「才沒有！你快去啦！」

怜背後被推了一把，滾出了廁所，無可奈何地穿過辦公室，盡量不出聲地跑過通道，直衝通行口。侵入者是不是察覺自己的動靜，就要從後方殺上來了？由於浮現腦中的可怕妄想，膝關節彷彿化成了冰塊，使他全身僵硬。好不容易到了通行，迅速打開門鎖，接著像競泳選手般瞬間返身衝回辦公室。

然而，廁所卻已人去樓空。龍人跑去哪裡了？怜幾乎陷入恐慌，伸手摸到長桌上的兩只馬克杯，端到小洗手台，忽然念頭一轉：不，這不能亂動！我在幹麼啊？又放回原位。

冷靜下來，龍人不可能丟下我一個人跑掉。再說，他不可能離開，剛才我在通行口那裡，而正門必須經過展示間才能到。也就是說……。怜赫然驚覺。難不成龍人被侵入者抓到了？然後被帶去展示間，正遭到私刑拷問!?

冷汗如瀑布噴出全身，瞬間，他也考慮應該要等警方到場，只是想像龍人正被當成沙包踢打，冰凍的膝關節便自行活動了起來。

怜打開通往展示間的門，幾乎就像剛出生的小鹿那樣，軟著腿、彎著腰，經過漆黑的後場。他真實體會到，原來可怕的想像，具備剝奪全身力量的巨大威力。要是現在使盡渾身解數想像自己死掉的場面，他擔心光是這樣，可能就會害自己不小心心臟停止了。

後場實在太黑了，連自己是否確實在前進都沒了把握，因此怜立下決心，按出手機待機畫面。蒼白的光照亮周圍，前方地板浮現一團灰色塊狀物，怜這回真的輕聲「噫！」地尖叫出聲。

「噓！」灰色塊狀物出聲，是龍人。

只見他在區隔後場和展示間的鐵門前，背對這裡蹲著。

「你在幹什麼？怎麼會在這裡？」

怜連忙跑到龍人旁邊，一樣蹲下來細語。

「他們打破展示間的玻璃櫃了。」

龍人把耳朵貼在鐵門上，觀察侵入者的動靜，似乎瞥了怜一眼。

「你可以在外面等啊！」

聽到這話，怜頓時察覺到龍人的意圖。叫他去開通行口的門鎖，是期待他會順便出去外面避難，或是遇到趕來的警察，尋求警方保護。

「少把我看扁了。」

怜憤憤地說。他怎麼可能丟下龍人，一個人在外面等？

龍人輕拍怜的肩膀，像是在說「抱歉」，迅速了站起來。

「他們好像把土器搬上手推車了。警察太慢了，咱們殺過去吧！」

「蛤？怎麼這樣？」怜嚇破了膽，也跟著站起來，拚命制止龍人。「就照你剛才說的，把這道門鎖起來，將他們關在展示間，等警察來就好了吧？」

「他們都敲破玻璃櫃了，當然也會直接打破正門跑掉，得在那之前逮到他們才行。你才是，叫人家不要把你看扁，現在才在怕喔？」

「這是兩碼子事！你知道對方有三個人，我們只有兩個人嗎？」

「沒問題！我有這個。」龍人自信滿滿地握住靠放在門邊的棒狀物。

「拖把能幹什麼啦！」

「那邊還有掃把跟畚箕。」話聲剛落，龍人已經一把推開鐵門，提聲怒吼：

「你們幾個，放下土器，雙手舉起來！」

伶無可奈何也操起掃把，像腿軟的小鹿一般，躲在龍人背後踏進展示間。

玻璃櫃整個被打破，三名侵入者只靠著放在地上的手電筒燈光，正合力將土器搬上手推車。龍人的大吼似乎嚇住了他們，三人瞬間定格，順帶看了看伶和龍人。

「蛤？」

儘管從未預料到會有和跑來落魄博物館偷土器轉賣的宵小產生共鳴的一天，但遺憾的是，伶對他們感同身受。

正在行竊的當下，兩個一看才十幾歲的小屁孩突然闖入現場，而且手中拿著拖把跟掃把，確實也只能說「蛤？」了吧！

彎腰駝背的提心吊膽男子手一鬆，正要放上手推車的土器掉了下來。

「喂！」龍人用拖把把柄銳利地指向提心吊膽男子，恫喝道：「小心點！那可是心平的傑作！」

「噓——！噓噓噓！」伶拉扯龍人的襯衫背部。

手電筒男子似乎立刻回過神來，抓起地上的手電筒，照向怜和龍人。怜被光照得瞇起眼睛，也立刻長按手機手電筒按鈕，用強光回敬。

棒球帽男子不愧是首領，即使被白色強光照亮，仍悠然地交抱起手臂。

「你們是什麼人？」

「你們才是什麼人？」龍人大聲反問：「雖然我算是巨人隊的黑粉，可是你不要戴著巨人隊的帽子做壞事好嗎？」

「哼，那你是哪一隊的粉？」

「鯉魚隊。」

「餅湯人怎麼會支持廣島鯉魚隊？一定是跟風的吧！」

龍人聞言，氣憤地用力握住拖把。

「你要是還想活著走出餅湯，就向紅帽軍團*跟全國的鯉魚隊粉絲道歉！」

---

*注：「紅帽」為廣島鯉魚隊的暱稱。

怎麼會在這種狀況吵什麼支持的球隊啦！怜感到一陣頭暈目眩，焦緊地交互看著棒球帽男子和龍人。

這段期間，雙方的距離也一點一滴地拉近。因為三名侵入者也在窺伺，揍倒怜和龍人從通行口逃走的機會；而怜和龍人也揮舞拖把和掃把施壓，不讓他們得逞。

打破雙方平衡的，是後場傳來的凌亂腳步聲。警方總算趕到了。怜吁了口氣，放下心來。看來餅湯警察還沒有笨到會大肆播放警笛聲。

「警察先生，這邊！」

龍人大聲通知的同時，棒球帽男子和手電筒男子丟下手推車和土器轉身就跑，朝正面玄關發足狂奔，提心吊膽男子則晚了幾拍，拚命追上去。

沒想到龍人也在這時丟開拖把拔腿衝刺，撲向棒球帽男子背後。兩人扭打成一團，在地上翻滾，激烈地拉扯衣物，或意圖揮舞拳頭。實際上因為距離太近，無法發展成打擊戰，看起來就像兩條大毛蟲般纏扭在一起。

怜也鼓起勇氣，奔向扭打現場，努力揮舞掃把想阻止手電筒男子和提心吊膽男子為棒球帽男子助陣。

就在此時，約五名警察從交界的門口蜂湧而至，立刻衝上來壓制展示間裡的每個人。

「不是啦！我不是竊賊！」被警察揪住手臂的怜，放聲大叫：「啊啊——！那邊那個咬住棒球帽男的也不是！他是報警的佐藤龍人！」

♨ ♨ ♨

經過一番盤問，總算能夠離開〈餅湯警察署〉時，天都已經快亮了。

藤島碰巧在拍賣網站上發現土器，然後龍人為了研究當地歷史，從以前就向餅湯博物館的田岡商借鑰匙，他利用這把鑰匙，自己決定要加強博物館的保全。

聽到兩人如此說明，警察似乎目瞪口呆。

「雖然是大功一件，但你們實在太亂來了。」

三名竊賊遭到逮捕，包括其他罪嫌在內，將會受到偵訊。而這次的事件，成功避免累及田岡、藤島以及過去偽造土器的心平，伶認為結果皆大歡喜。

未包括在皆大歡喜裡面的，只有龍人。因為接到警方連絡，從睡夢中被吵醒的龍人爸，一趕到警察署，二話不說朝著兒子的腦門就是一拳。

「你捅了什麼婁子！」

龍人爸猛氣咆哮，害龍人嘔氣嘔得要死。

附帶一提，在場的警察都紛紛安撫龍人爸。

「這位爸爸別生氣，冷靜下來。」

同樣地，壽繪也脂粉未施地衝到警察署來，當她看到伶和龍人平安無事，再聽完來龍去脈後，爽朗地哈哈大笑。

「你們怎麼這麼蠢啦！」

老媽不計較小節的個性，在這種時候就很方便呢！怜有些靦腆地想。

如此這般，由於這時間連首班公車都還沒發車，怜和壽繪、龍人和龍人爸，四人沿著海岸道路，一起走回商店街。

「你幹麼不開車來啦？」

龍人埋怨父親，馬上吃了第二記拳頭。

「被抓到警局的傢伙還敢囉唆。我酒還沒醒啦！總不能酒駕到警局去吧？」

急躁的海鷗群啞著嗓子叫個不停，卻沒看見身影。大海坐落在夜色的餘韻中，只是不斷地在海岸道路散播單調的波浪聲和海潮香。

「回去博物館拿車好煩喔！」龍人撫摸著腦門抱怨。

「今天放學後從站前搭公車過去就好了。」怜建議道：「棒球隊要練習的話，車鑰匙借我，我跟小丸去牽。」

「啊——，不好意思，那就拜託你們好了！其實我想叫心平去，可是他的手指那樣，不能煞車。」

「練習請假啦！」龍人爸粗暴地說：「不要再給別人製造麻煩了。」

「擺一副家長面孔喔——」和龍人爸從小認識的壽繪，親暱地打諢道：「明明自己年輕時也到處製造麻煩說。」

「欸，只有妳沒資格說我好嗎？」

「說的也是。」壽繪笑著聳了一下肩膀，兀自斷言道：「麻煩這回事，彼此擔待就好了嘛！嗯。」

確實，或許如此吧！怜眺望著開始閃爍起淡紫色光輝的水平線。

如果壽繪不願意給任何人添麻煩，有可能怜根本不會出生。也因為壽繪身邊有許多不怕給人添麻煩、不怕被麻煩的人，像是龍人爸、伊都子，搞不好重吾也算是其中之一，壽繪才能活得如此輕鬆不少吧？

相互麻煩，也是有可能讓某些人變得自由、變得幸福的。至少比起不願意給任何人添麻煩，一個人咬強硬撐，更要來得輕鬆自在多了吧？怜真心這麼認為。

當怜打從心底信服伊都子是自己的母親時、恍然伊都子似乎根本不把怜或壽繪視為麻煩時，他覺得眼前豁然開朗，也總算發現自己確實被只能稱為「愛」的事物所圍繞，感到安詳無比，更瞭解到自己的內在也有著同樣美麗而溫暖的情感。

怜喜歡壽繪、伊都子、龍人、丸山這些身邊的人，也很重視他們。他真心覺得這些人要怎麼麻煩他都行，也相信即使自己必須打擾他們時，他們也一定願意包容。他愛著讓自己能如此確信的這些人，也愛著這樣的他們所生活、有山有海小不拉機的餅湯這個城鎮。

雖然他實在不好意思說出口……

「嗳，總之人沒受傷就好。」龍人爸嘆了口氣。

「真的。」

壽繪點點頭，雙手高舉過頭伸了個懶腰。穿過她的指間而來的晨光，耀眼地貫穿了怜的眼睛。

「我的天靈蓋差點被某人劈開吔！」

在怜旁邊撫摸著腦門的龍人，對父親的感慨發出不平之鳴。

♨ ♨ ♨

怜和龍人幫忙逮捕侵入建築物及非法盜賣土器的竊賊，成功阻止繩文式土器遭竊。一般來說，警方應該要頒發感謝狀給他們，並以「立下大功的高中生」身分登上當地報紙版面。

只不過，怜感到有些心虛，而龍人堅持婉拒受贈感謝狀，還說：「哪裡、哪裡，我們只是盡了市民應盡的義務而已。」萬一被順藤摸瓜地查出，博物館長年未發現是心平偽造的土器予以展示，以及利用釣魚手法將竊盜集團釣進博物館的事就糟了。

餅湯警方和博物館的營運單位〈餅湯町公所〉，或許也隱約察覺到這些內幕。況且高中生持有博物館的備份鑰匙，還在深夜進入館內監視，這根本是需要警方出面輔導的案件。

無論如何，順利逮捕竊賊也是事實，不知道該如何處理的警方和町公所，決定不頒發感謝狀，對於怜和龍人深夜在外遊蕩、甚至和竊賊亂鬥一事也不予追究。

換句話說，就是掩蓋事實。這麼說太難聽的話，就是選擇「基於息事寧人主義的模糊之美方案」，堪稱充滿餅湯溫吞作風的決定。

餅湯警察署署長似乎還是認為，不向大顯神通的男孩們表達謝意，太過意不去，寄來了據說是自掏腰包買的「餅湯Q將吊飾」。

怜心想很想吐槽：我家多到爆吔！卻發現原本別在自行車鑰匙上、賣剩的餅湯Q將不曉得掉去哪裡，便感激地拿來用了，他還絞盡腦汁寫了不熟悉的謝函寄出。

龍人那裡當然應該也收到餅湯Q將，但沒聽說他要如何處置。不過，在學校走廊上和去福利社的愛美擦身而過時，目擊到她手中的錢包別著餅湯Q將。

聽完來龍去脈後，心平比平常更加歡欣。

「好好喔——！我也好想在現場，早知道就從『媽媽網走監獄』逃獄了。」

心平羨慕了好陣子，向守護了自稱「流芳萬世的傑作」的怜和龍人表達謝意。

他會這麼開心，還有另一個理由——那就是，手指的石膏終於拿掉了。醫師診斷要一個月才會好的傷，竟然在短短兩星期骨頭就癒合了，朋友們都欽佩不已，笑稱：「不愧是野性的生命力。」

怜擔心就算石膏拿掉了，應該還是會痛，或感覺怪怪的，沒想到心平輕鬆地握著鉛筆，還在素描本上畫超商飯糰。素描飯糰也可以喔？怜覺得納悶。不過，丸山神情認真地從旁邊探頭看，並給予指導。

怜躺在餅湯高中的屋頂，仰望蔚藍的天空。黃金周的熱鬧不知不覺間如夢幻般煙消霧散，餅湯的街道今天也悠哉地假寐中。一如往常地聚在屋頂的老面孔們，在孕育著夏季炎熱但依然舒爽的陽光底下，或滑手機或嗑參考書，度過各自的悠閒午休時光。

「差不多快到煙火季節了呢！」藤島邊解二次函數，邊喃喃道。

這麼說來也是。怜目光追著出現在藍天的白色薄雲思忖著。像撕下來的棉花糖雲朵被海風催趕，經過餅湯高中上空，飄向山區。

餅湯的煙火大會不只一回，規模最大的一場在八月的第一個星期天。除了梅雨季節沒有預定之外，從五月中旬到九月初旬，都以每星期約一次的頻率舉辦。星期幾不一定，有時也會在平日舉行。

煙火在餅湯的海邊發射，人們會在海灘或飯店觀賞。元湯那頭因為被海角擋住看不見，因此各家旅館會派船接送，或用小巴將住客載往餅湯海岸，忙得人仰馬翻。當然，也有許多從附近開車當天往返的遊客，導致海岸道路出現塞車情形，有時會有當地居民向行政單位抗議。

為了招攬來看煙火的觀光客，刻意分散舉行，不固定星期幾，頻率也相當密集。煙火的聲響在山壁上反彈，不只是餅湯，連元湯都聽得見，幾乎所有的當地居民都只覺得「又來了」，而不會特別的感懷。

怜也是「又來了」派，但舉辦煙火大會的日子，就連〈穗積伴手禮店〉的來客量也會增加，顧起店來也特別有勁。前往櫻台的期間，若剛好遇上煙火大會的話，還會請丸山來支援顧店。藤島則是忙著應付住客，也沒什麼空去看煙火吧？

當然，在餅高生裡面，還是有人衷心期待煙火大會，積極地跑去看煙火。到底是利用了什麼人脈，怜無法想像。總之，就是每到夏季就天天跑去跟觀光客聯誼的愛玩學生，或是像龍人這種有交往對象的學生。

果然不出所料，聽到藤島的話，龍人從手機畫面抬起頭來。

「對了，煙火大會！可是愛美要補習，今年可能去不了。」

龍人有些哀愁地遙望遠方。

「秋野想要考東京的大學嗎？」怜坐起身問道。

他不知道龍人對高中畢業後的出路，會有什麼規劃。不過，總是散發粉紅色氣場、打情罵俏的兩人，萬一變成遠距離戀愛的話，酷酷的愛美也就罷了，龍人撐得過去嗎？怜從以前就很擔心這一點。

「嗯，她好像第一志願在東京，第二志願在橫濱。不管怎麼樣，都會一個人搬出去住吧！」

「那你怎麼辦？」

「我打算讀專門學校，考廚師執照。」

「咦！」丸山不由得驚呼道：「龍人，你會煮菜嗎？」

「我會殺魚，其他就不太在行了。但我不想一畢業就馬上接乾貨店，想說學個烹飪，將來或許可以把〈佐藤乾貨店〉轉型成提供乾貨料理的居酒屋啊！」

龍人爸面臨店面遭到篡奪的危機了。怜心想。先不論實現的可能性，這下他終於知道龍人對自己的將來，也是有一番打算的。

「那，你也要去讀都內，還是橫濱的專門學校嗎？」藤島問。

藤島跟愛美是親戚，如果兩人順利交往下去，藤島也有可能跟龍人變成姻親，當然會在乎將來親友的發展吧！怜有些同情藤島，要跟腦袋裝肌肉的人變成親戚。即使是沒有親戚的怜，也能想像這狀況相當艱難。

「不，我們家光是出學費就很辛苦了，我要找能從餅湯通學的專門學校。」

「那你們會變成遠距離戀愛吧？」

怜打了個哆嗦，他可以輕易想像，無法見到愛美的龍人，會變得有多狂暴，以及和父親的衝突也會進一步升級。看來商店街的和平，已宛如風中之燭。

「是啊！那也沒辦法。」

「你意外地很冷靜吔！」

「愛美是很擔心，但這是沒辦法的事。畢竟我跟愛美又還沒自己賺錢。」龍人難得憂愁地苦笑說：「我喜歡愛美——！」

「嘔嘔嘔——！」

「這個人說『喜歡』吔！」

「居然真的有人說出來！」

「怎麼是我們害臊起來了？」

眾人挖苦地鼓譟著。

「閉嘴，聽我說！」龍人沉聲制止眾人。「我喜歡愛美，不認為我喜歡她的心情會改變，當然往後的事也沒有人知道。愛美上大學以後，或許會喜歡上別人；畢業後進公司上班，一定也會遇到更多的人。」

龍人成天跟父親吵架，卻似乎已經有了要在餅湯過下去的覺悟，龍人的父親應該也想當然耳地期待兒子會繼承家業。

怜覺得龍人也可以別管這些，趁著找工作的機會去到大都會，跟愛美一起生活，但或許龍人覺得自己對乾貨店和家人有責任。

受到期待也是有好有壞吶！怜輕聲嘆息。他試著想像年屆中年的龍人和愛美，在〈佐藤乾貨店〉或其他地方，和現在一樣打情罵俏。那景象卻彷彿濃霧籠罩，朦朧模糊，總覺得一陣揪心。這種飄渺無依的難過，長大以後也一樣無從擺脫嗎？

怜再次在屋頂躺下來，仰望天空。雲朵不知不覺間消失了，整片視野蔚藍到彷彿在挖苦人。

或許是感受到龍人的嚴肅，其他人也沒再繼續調侃，各自喝著咖啡或滑手機查煙火大會的日期。每個人都安靜地處在，充實與空虛渾然一體般的午後時光。我好像也快要掌握到小丸說的那種，早就已經死掉的感覺。怜不禁暗忖道。

當然，還是有白目的人……

「白抛抛——幼咪咪——餅湯——餅湯溫泉——」

繼續回去素描飯糰的心平似乎來了勁，突然唱起歌來。

與哀愁沾不上邊的走調歌聲，和宣告午休時間差不多要結束的預備鐘聲重疊在一起，融入餅湯的天空。

♨　♨　♨

梅雨期間，一成不變的日常持續著，迎來了第一學期的結業式。

由於剛好是第三週，怜是回去櫻台的家。

拎著裝了成績單的書包，走向車站反方向，爬上櫻台的坡道。

餅湯一帶已宣告梅雨結束，太陽火速朝柏油路面灑下直線性的光與熱。像是呼應一般，蟬也大聲唱和，夏季的午後讓人覺得綿綿不斷的雨季就像一場夢。

怜無法跟上猛地降臨的暑熱腳步，躲在樹蔭下走著。他眼睛只盯著地面，專心尋找陰影，沒發現前方十字路口冒出一個男人。

「嗨。」

聽到招呼聲，猛然抬頭一看，岩倉重吾赫然就站在眼前。

怜感受到大白天撞鬼的驚嚇和恐怖，正想轉身衝下坡，卻被殺個措手不及的狀況讓他的腳動彈不得。

「在商店街還是車站前面等你，不曉得為什麼一下子就會被發現。」

重吾瞇起了眼睛說著，看不出是因為陽光刺眼還是在笑。他穿著檸檬黃底、鮮紅扶桑花圖案的夏威夷衫，底下是寬鬆的黑色工作褲，腳上趿著傳統和式人字拖。怎麼看都不像個正派人，或者說像是在角色扮演江湖弟兄。

怜只能怔立在原地，無法反應。

「我把最後的希望寄託在這一次，在這裡埋伏，沒想到你真的在小伊那裡出入。女人真是太神祕了！對了，怜你不愛說話嗎？」

不要自以為親熱地叫我名字！是你單方面說個不停吧！手心整個濕了，書包手把滑得像海帶。

「有什麼事嗎？」怜好不容易擠出聲音。

「沒什麼事。」重吾不以為意地說：「只是想跟你說說話。」

「那……去光岡家說吧！這裡很熱。」

「別開玩笑了，我會被宰掉的。」

一名提著購物袋的老婦人走上坡道，重吾見狀趕緊閃到一旁。怜原想趁機開溜，卻被他若無其事地抓住手臂，快接近路邊時，他立刻就放開了怜，靠到磚牆上，而怜也在一旁小心地貼上圍牆。

被太陽烤過的磚塊傳來熱度，怜感到既生氣又滑稽。我幹麼跟這傢伙站在一起看馬路啦？他斜著眼悄悄地觀察重吾，耳上一帶冒出幾根白髮，比起在站前廣場第一次遇到那時，臉頰線條或許削瘦了一些。

「我要去遠方了。」重吾突然說道。

「蛤？」

「啊！不是我快死了，也不是要去蹲苦牢了。」

什麼啦？跟不上節奏。

「你，你要去哪裡？」

怜只想要快點結束這場會面，但基於禮貌還是問了。

「伊爾庫次克。」

鬼才曉得在哪裡……？怜用手背抹去從太陽穴淌至下巴的汗。

「我現在交往的女人說要回故鄉，我想機會難得，跟她一起去。」

「那不是觀光嗎？」

「唔，也可以這麼說啦！」重吾笑了。

看不出他有幾分認真，又有哪些話是真的？

重吾不理會困惑的怜，瀟灑地逕自說下去。

「也有可能就在那裡定居下來吧？我想在離開之前，看看兒子的臉。」

怜聞言，瞬間在腦中湧出疑念——重吾再次開始在餅湯出沒，是去年的事。

重吾說他在交往的女人，出國是要準備多久？會不會根本就沒有女人？這傢伙果然是走投無路了。

假設重吾是在跟腦內女友交往，怜更不想接近他了，而且就算他有什麼迫不得已的理由，要來跟自己道別，或是來討錢，他也絲毫感覺不到非深入探究不可的必要性。

「你已經看過我了，而且你又不曉得我到底是不是你兒子。」

「確實。」重吾點點頭，看起來像在憋住爆笑的衝動。

怜感受到他「我們長得一個模子」的心聲，更覺得更煩躁、無地自容。

「那，再見。」怜說完，作勢從磚牆上起身。

「等等、等等。」重吾急忙挽留他。「爸爸給你零用錢。」

「我才不要，你少鬧了！」

怜甩出書包，重吾一把抓住，將一只薄薄的褐色信封揣進書包外袋裡。

「嗳，雖然不多，不過收下吧！」

幹麼突然變成像付錢給女生的乾爹口氣，噁心！怜抓出信封，揉成一團扔到地上。

重吾苦笑，撿起信封攤平

「你有什麼夢想嗎？」他恢復親暱的口吻，問道。

「就算有，也沒必要告訴你。」

「說的沒錯。」重吾再次遞出信封。「為將來煩惱的時候，就拿去用吧！」

「我不要。」

「留著也不會浪費，就讓我為你做點事吧！」

怜覺得事到如今還有什麼好說的，重吾卻把信封用力往他的胸口塞。怜不想再繼續膠著下去，無可奈何地收下。

「希望你可以實現你的夢想……那，我們後會無期了，保重！」

重吾微笑說完，便穿過怜的旁邊，往車站走去。

怜緊握著信封，憤憤地登上坡道，走了約二十步，回頭望去，視野遼闊的坡道上，已經看不到重吾的身影。

胸口感到一陣落空，總覺得應該是重吾目送他的背影。想到落空是來自於這樣的期待與願望，怜難以原諒自己依賴的心態。因此在怒意驅使下，當場抽出信封內容物。

出乎意料的是，裡面裝著一張「當日溫泉免費券」，是偶爾會跟伊都子還有慎一一起去的那家湯屋，上面用小字印刷著〔限用一次。本券一次可招待四位〕。

這是在耍人嗎？

「混蛋，這是要怎樣用在未來啦——！」

怜在無人的坡道中央大吼，呼應似地，某戶人家傳來像是小型犬的吠叫聲。

怜凶神惡煞地回到櫻台的家，把遇到重吾的事告訴伊都子和慎一。

伊都子配合第三週請了暑假，慎一也如常地忙著家務，因此白天兩人都在家。

怜暫時撇下一時無法理解狀況的兩人，叫出通訊軟體，對著〈危機管理群組〉報告：『十五號出沒，瞎聊之後消失。』

在冷氣涼爽的寬闊餐廳裡，只有通知接到訊息的叮咚聲作響，但連串聲音響得太急，怜只好暫時把群組通知關掉。

伊都子只是默默地看著擺在巨大餐桌上的免費券。

「唔，可以招待四個人，下次邀怜商店街的媽媽，大家一起去如何？」

可能是承受不了寂靜，慎一用莫名開朗的嗓音提出建議。

這什麼地獄哏嗎？怜跟伊都子都沒有反應，慎一也再次沉默不語。

「還是一樣，讓人猜不透。」伊都子嘆息道。

「咦？說我嗎？」慎一反問。

「慎一的優點就是單純到不行。」

「是嗎？啊！我來續茶。」

慎一靦腆地笑，把各人空掉的茶杯放到托盤上，端去廚房。

怜覺得兩人看起來感情好，就別無所求了。

「或許重吾真的要去遠方。」

伊都子用閃亮指尖捏起免費券，頻頻調整和臉的距離，連背面都仔細檢驗。

「去那個什麼哭刺客？」

「或許吧！可能是更遠的地方。」

免費券輕飄飄地落回桌上，伊都子揉了揉眼頭。媽哭了嗎？怜驚慌失措，但伊都子的聲音沒有半點哭腔。

「不行，老花眼什麼都看不清楚。這券你跟壽繪拿去用吧！」

「不要啦！附近也就算了，我才不想跟老媽特地跑去泡溫泉。」

「為什麼？你不是會跟我去嗎？期限到什麼時候？」

聞言，怜把免費券拉過去查看。

「明年三月底。」

「那，或許剛好可以當成畢業紀念。」

如果順利考上大學，怜打算在東京一個人生活，伊都子也支持這個想法。接下來要怎麼做，他還不清楚，但至少有四年，壽繪必須自己一個人顧店。

「總之，不管是要丟掉，還是跟朋友一起去，都隨你處置！」

聽到伊都子這麼說，怜把免費券塞進制服褲袋裡。他希望這張券會自己不見，卻也明白自己大概會煩惱到底要不要拿給壽繪看，直到期限最後一刻。

那傢伙要去的「遠方」是哪裡？他不知道伊爾庫次克實際上是個怎樣的地方，

但腦中浮現一個站在荒涼大地的男子身影。此男子掙脫一切的束縛，看起來意外地自由快樂，他就只有一個人，甚至連讓人感覺寂寞的餘地都沒有。

然而，怜想去的不是那種地方。要去遠方，自己默默地去就好，故作神祕跑來找兒子，丟下一張紙，彷彿打下樁子似地叫兒子：「不要忘了我喔！」這就是他的狡詐之處。

站在怜的立場，實在是憤慨到不行；自己為了重吾和免費券在這裡千迴百轉，感覺也像是徹底中了計，更教人難以原諒。

丟在桌上的手機響了，不是訊息，而是來電鈴聲，螢幕顯示『小丸』。

怜懷著得救的心境，切換心情接聽電話。

「喂，怎麼了？」

「還怎麼了！我看到訊息了！你還好嗎？」

「嗯。」

「你正遇到大事，說這個實在不好意思，可是黑田跑來了。」

「嗯。咦？黑田？誰？」

「喏，就校外教學旅行那時候，唐津那個。」

「噢……蛤？怎麼會？」

「黑田他們學校昨天結業式，他說他直接搭夜行巴士跑來玩了。我們說難得他來，大家一起去參加今天晚上的煙火大會。怎麼樣，你要來嗎？」

「要。」

怜迅速同意並掛斷電話，轉頭跟伊都子和慎一說不需要準備他的晚飯，端茶過來的慎一顯得很遺憾。

「這樣啊！那慢走。」伊都子笑著說：「如果會太晚的話，不用勉強回來，直接回去商店街的家吧！」

♨ ♨ ♨

穿過吊著紅色燈籠的商店街拱廊一看，籠罩著暮色的海岸道路擠滿了人車。

在櫻台的家沖過澡、換上T恤牛仔褲的怜，在來到這裡的路上，又再度汗流浹背。日落以後，氣溫不僅沒有下降，還因為風停而變得更加悶熱。

走下沙灘後，人口密度變得比馬路更高，一整排小攤子飄來的醬汁香氣引誘著鼻子。怜奮力擠開人群往前走，望向染上夜色的海面，完美的風平浪靜。

沙灘上被五顏六色的海灘墊給填滿，宛如馬賽克一般。每一張墊子上各別坐著一家人、朋友、公司同事、情侶、鄰居等等，大家吃喝聊天，等待煙火秀開始。幾乎讓人錯覺所有的人際關係組合，都聚集到餅湯的海邊來了。

要在這當中找到要找的一群人，根本是大海撈針嘛！

正當怜即將陷入絕望時——

「喂——！」驀然一道熟悉的聲音傳來。「喂——，伶！這邊、這邊！」

只見靠近水邊的一角鋪了張藍色海灘墊，龍人站起來用力揮舞雙手。伶小心閃過別人家的墊子，循著飛石般露出的沙地，靠近龍人的所在處。

龍人等人盤踞的海灘墊上，心平正把從攤子買來的炒麵扒進嘴裡，而愛美和朋香也笑著分享對方的剉冰。

這時，正在和丸山及藤島聊天的黑田轉過頭來。

「嘿，好久不見！」

黑田坐著伸出右手，伶用拳頭輕擊那隻手。

「沒想到你真的會來，嚇我一跳。」

伶邊說著，邊脫了鞋在海灘墊上坐了下來。

「怎麼會？不就說後會有期了嗎？」

黑田笑道，遞出一盒章魚燒。海灘墊似乎很侷促，他修長的手腳都縮了起來，但看起來很開心，或許比在唐津遇到時曬得更黑了些。

「餅湯好繁榮喔！還有城堡吔！」

「那是假的啦！」

怜又了一顆章魚燒丟進口中，又喝了丸山從保溫瓶倒進紙杯給他的咖啡。可能是發現怜已經從小朋友舌頭畢業了，最近丸山沒有再帶奶精跟糖。

「我不曉得有夜行巴士吔！」龍人興奮地說：「所以明天我跟愛美要跟黑田一起去唐津，你們要掩護我。」

「蛤!?」怜等人發出質疑的怪叫，瞬間煙火連續打上夜空。

紅藍黃光的彩球綻放又消失，晚了幾拍後，再次傳來「咚！咚！」的煙火聲。火藥的氣味彌漫在海邊，遊客們同時發出歡呼。

為了不被熱鬧的煙火聲壓過，怜等人用力扯著嗓門。

「你幹麼去唐津？」

「當然是去為感情加溫啊！」

「這樣還不夠火熱喔？」

「我跟家裡說我和朋香去旅行喔！懂了吧？」愛美說。

「沒問題，慢走！」朋香爽快地回應。

「新田，妳怎麼這麼明理！」

「考生也需要喘息一下啊！別囉唆了，看煙火！」

煙火暫時停歇，直到彌漫夜空的煙霧散去。

「你們喉嚨居然沒喊破。」黑田欽佩地說。

「不，燒聲了！不能邊看煙火邊講話。」心平喝起瓶裝茶。

「別管我們了。怜，你呢？」龍人問道：「喏，就……剛才颱風不是來了？」

「我不曉得該生氣還是虛脫了。」

怜話聲剛落，煙火再次升空。

「好！把你的感情向夜空發洩吧！」

「為什麼？」

「或許可以一吐為快啊！」

「你們不是說不要在放煙火的時候說話嗎？」

「好啦、好啦！」

雖然已經陷入一團混亂，但彼此吼著吼著，情緒確實也跟著激昂起來。

「去你的當日溫泉免費券啦！」怜朝著鮮紅的大朵煙火怒吼。

「噢噢——？」

眾人表示納悶，怜不理他們，繼續發洩。

「我才沒有什麼夢想！少在那裡自以為是！」

種種積鬱湧上心頭，讓他欲罷不能。

「我沒有想跟我一起去唐津的人，也沒有半點夢想！我只是想要每天風平浪靜地過生活。去你媽的將來啦！為什麼歌啊、漫畫啊，還有大人老愛動不動就談夢想！沒有夢想、沒有希望，是那麼罪該萬死的事嗎——!!!」

又是片刻的寂靜，怜得到海灘墊上眾人的掌聲鼓勵。

「感覺超級『青春』的喔！」藤島敬佩地說。

「我將來想要做等身大的埴輪。」心平朗聲發表施政理念。

「還是藍色夏威夷比較好吃，早知道就買那個了。」

「會嗎？草莓口味也很王道，不錯啊！」

愛美和朋香互述感想，黑田則在指點龍人唐津好吃的定食店。

「創作作品和大人時常動不動就高談夢想……」丸山靜靜地說：「我想是因為那樣比較容易收場。」

「……我從以前就很好奇，小丸你為什麼能那麼冷靜地看待那些創作？」

「因為我也沒有明確的夢想啊！」丸山邊回答，邊吃著蒸氣散去已久的章魚燒。「勉強要說的話，我希望要是能靠畫圖糊口就好了。但也覺得那是輸給了『朝夢想努力』的壓力，硬是說服自己去追求的目標罷了。」

多麼虛無的態度啊！難道是自己朝向煙火吶喊，也打開了丸山心中虛無的潘朵拉盒子嗎？

「不是，可是你喜歡畫圖吧？」怜感到有些自責，膽戰心驚地問。

「唔，是喜歡啊！也因此，雖然不曉得能不能當成職業，但我想要盡可能平靜地畫圖過日子。這一點跟你是一樣的。」

金色的煙火如瀑布般傾瀉而下，那絢爛的景觀引得遊客驚呼連連。

「這樣啊——！也是呢！」

怜喃喃地回應，丸山或許沒聽到。

只是想要平靜地過日子。不管是怜還是丸山，大概這片沙灘上絕大多數的人，到頭來都只有這個願望而已。然而，怜也依稀理解這個願望難以實現。

怜努力不為外界所動，淡泊自持，但光是今天一整天，感情就一直在上沖下洗。伴手禮店前景如何、大學考試會不會順利，這些都是未知數，每天的不安和煩惱是那麼源源不絕。即使如此，也只能過一天是一天。

總覺得有些好笑，過去有數不清的人在這種前途未卜的狀況下出生又死去，現在和未來也不會有例外。想到這裡，怜整個人陷入了茫然，就像勇氣滿點卻迷路失途一般，教人無所適從。

煙火看也不看下界的憂愁，兀自升空綻放。眾人在夏夜的空氣中，觀賞著美麗的事物，一同歡笑。或許光是這樣就足夠了。

因為剛才發出了打出娘胎以來最宏亮的吶喊，至少現在心情確實舒暢了一些。怜覺得自己也是個單細胞，毫不客氣地把牙籤插進最後一顆章魚燒。

就在這瞬間，他覺得在久遠以前，自己也曾經像這樣在海邊觀看煙火。不，或者那是發生在遙遠未來的事？總之，伴隨著靈魂抽離般的浮遊感，怜幻視到和龍人等人坐在同一張海灘墊上，仰望夜空的光景。

原來如此，就算其實自己老早就已經死了，也不會驚訝。這就是小丸所說的「神祕的感覺」嗎？怜思忖著。一點都不可怕，也不覺得討厭，心房純粹地被一股近似寂寥的幸福感所填滿。

煙火大會即將進入高潮，大朵煙花接二連三衝上夜空，幾乎連喘息的空檔都沒有。餅湯除了海以外的三面都被山和海角包圍，而且今晚沒有風，也因此最後甚至被沉澱在上空的煙霧所遮掩，連重點的煙火都快一片模糊了。

喧囂之中，怜抱膝坐在墊子上憋笑。

「也不用放得這麼猛吧……」

瘋狂連發的煙火，似乎反映出設法讓遊客盡興、希望他們再度光臨的餅湯的急切，傾注在瞬息幻滅的煙火中的情感，也教人不禁動容。

遊客不斷地送上掌聲，激動的心平潑出了瓶裝茶，藤島和黑田指著夜空談笑，丸山用手機拍攝光花朵朵重疊的景象。專注地觀賞煙火的朋香旁邊，龍人和愛美就像煦日照耀下的貓咪般彼此依偎著。

煙火大會結束後，白煙依舊在上空盤旋，火藥味飄到海邊來。在耳底鳴響的聲音，分不出是煙火的殘響還是波浪聲。怜總覺得身處遲遲未醒的夢境般，默默地將垃圾撿進購物袋裡。

到了差不多該回去時，得知黑田似乎打算在漫咖過夜，

「你大老遠跑來，那樣過意不去啦！」怜等人連忙說。

〈藤島旅館〉不巧因為煙火大會而客滿，因此最後決定請黑田在丸山家過夜。

「你是搭明天傍晚的巴士，明天我們帶你去逛逛餅湯城。」龍人熱情地邀請。

「跟唐津比起來鳥很多，但景色還過得去。」

「城裡的博物館展示著我做的土器！」心平自豪地說。

「土器？你做的？放在博物館？」黑田大惑不解，愉快地說：「好扯喔！完全

聽不懂欸！」

竊賊落網都過了這麼久，冒牌土器還沒收起來嗎？餅湯博物館的散漫直教怜嘆息。

「回家的路上有家叫〈餅之湯〉的公共澡堂，我們去那裡洗個澡吧！」

丸山說完，折起海灘墊，催促著黑田往前走。

跟隨著前往車站的人潮，怜一行人慢慢地在商店街的拱廊裡前進。幾乎所有的商家都認為這是大賺一筆的好時機，延後打烊時間，招攬看煙火的旅客。

〈白抛抛——幼咪咪——餅湯——〉破音的音箱不斷地播放悠閒的主題曲。

龍人似乎打算送愛美回家，直接經過〈佐藤乾貨店〉過門不入。

「喂，龍人，給我回來幫忙！」眼尖地在人潮中發現兒子的龍人爸，放聲大喊：「來喔！鰺魚乾組合，謝謝惠顧！」

心平見狀，擺出帥氣的表情。

「新田，我送妳回家。」

朋香「嗯」了一聲直接回絕了。

來到〈餅之湯〉前面，怜說著：「明天見。」和丸山及黑田道別，也和龍人等人彼此揮手，走向〈穗積伴手禮店〉。

一進入店內，收銀台前難得排了一小段隊伍，壽繪正在結帳。

「歡迎光臨。溫泉饅頭很好吃喔！」

怜對著正探頭看花車的年輕情侶招呼道。

「咦，你回來了？」

「嗯，我回來了。明天我再回去櫻台。」

「你這孩子也真忙。」

「少囉嗦，快點結帳。」

怜說完，走進櫃台，站在壽繪旁，把結完帳的餅湯Q將吊飾放進小紙袋裡。

「謝謝惠顧！下一位請！」

客人遞出五盒餅湯溫泉饅頭，看到最近難得一見的大筆買賣，壽繪打收銀機的手指也變得輕盈。

「白抛抛——幼咪咪——餅湯——」怜忍不住哼唱了起來，在櫃台內蹲下來尋找大紙袋。「白抛抛——幼咪咪——餅湯——」

不要唱啦！壽繪用大腿頂了頂他的肩膀，怜噗嗤地笑了出來。他清了清喉龍，硬是切斷旋律。

不過此時，外面的音箱正〈白抛抛——幼咪咪——餅湯——〉地盛大播放中，就算再怎麼努力正經招呼客人，也沒什麼說服力吧？

唔，又有何妨呢！比起哀愁的那卡西，這首歌更適合餅湯嘛！怜如此思忖著，甩了甩布滿灰塵的紙袋。

（全書完）

溫泉鄉青春曲

作　　者　三浦紫苑 Shion Miura
譯　　者　王華懋

責任編輯　許世璇 Kylie Hsu
責任行銷　袁筱婷 Sirius Yuan
封面裝幀　許晉維 Jin We Hsu
版面構成　譚思敏 Emma Tan
校　　對　葉怡慧 Carol Yeh

發 行 人　林隆奮 Frank Lin
社　　長　蘇國林 Green Su

總 編 輯　葉怡慧 Carol Yeh
主　　編　鄭世佳 Josephine Cheng
行銷主任　朱韻淑 Vina Ju
業務處長　吳宗庭 Tim Wu
業務主任　蘇倍生 Benson Su
業務專員　鍾依娟 Irina Chung
業務秘書　陳曉琪 Angel Chen
　　　　　莊皓雯 Gia Chuang

發行公司　悅知文化　精誠資訊股份有限公司
地　　址　105 台北市松山區復興北路99號12樓
專　　線　(02) 2719-8811
傳　　真　(02) 2719-7980
網　　址　http：//www.delightpress.com.tw
客服信箱　cs@delightpress.com.tw
ＩＳＢＮ　978-986-510-271-5
建議售價　新台幣３８０元
首版一刷　２０２３年３月
　　七刷　２０２４年７月

國家圖書館出版品預行編目資料

溫泉鄉青春曲／三浦紫苑著；王華懋譯. -- 初版. -- 臺北市：精誠資訊股份有限公司,2023.03
面；　×　公分
ISBN 978-986-510-271-5（平裝）

861.57　　112002233

建議分類｜文學小說，翻譯文學

※原書插畫：嶽真衣子
※日文版裝幀設計：田中久子

Printed in Taiwan

《EREJI HA NAGARENAI》